ROTBUCH KRIMI

JEROME CHARYN
PATRICK SILVER

Rotbuch Verlag

1. Auflage 1991

Originaltitel: The education of Patrick Silver
Aus dem Amerikanischen von Uschi Gnade

Lektorat: Gabriele Dietze
Umschlagtypographie und -motiv: Hendrik Dorgathen
Gesamtherstellung: Wagner GmbH, Nördlingen
Printed in Germany.
ISBN 3-88022-052-2

ERSTER TEIL

1

Patrick Silver ließ das Baby im Foyer des Plaza-Hotels zurück. Das Baby war vierundvierzig Jahre alt und saß auf einem gepolsterten Stuhl, die Knöchel auf dem Schoß. Es hieß Jerónimo. Ein Junge mit Grau um die Ohren, ein Guzmann aus der Boston Road. Seine Ausbildung erschöpfte sich mit der ersten Klasse. Er verbrachte den größten Teil seines Lebens im Süßwarenladen seines Vaters, von ihm und seinen zahlreichen Brüdern beaufsichtigt. Doch die Guzmanns lagen in einer Fehde mit der Polizei. Sie konnten das Baby nicht aus eigener Kraft beschützen. Sie mußten Jerónimo der Obhut Patrick Silvers anvertrauen. Patrick war vorübergehend sein Wächter.

Jerónimo hatte Brombeeren im Kopf. Mit einem Teppich unter den Füßen und Kandelabern um seinen Stuhl herum dachte er an die Farm der Guzmanns in Loch Sheldrake. Jetzt war Brombeerzeit, und Jerónimo wollte seine Finger in die Dornensträucher stecken und Brombeersaft trinken. Doch er war hundert Meilen von Loch Sheldrake entfernt und wartete in einem Hotel mit rostfarbener Teppichwolle auf dem Boden auf Patrick Silver.

In einem dreckigen Unterhemd fuhr Patrick Silver mit dem Fahrstuhl des Plaza. Der Riese, der nach Dubliner Bier stank, bereitete dem Liftboy Unbehagen. Silver war rotgesichtig. Er kam ohne Schuhe ins Plaza. In schlichten schwarzen Socken maß er einen Meter neunzig.

Patrick streifte durch die Gänge des dritten Stockwerks. Zimmermädchen mit ihren Bettzeugwagen machten ihm Platz; ein unbeschuhter Mann war in den Augen der Mädchen, die ihre Nasen in den Wagen verbargen und Patricks Socken anstarrten, ein Verfluchter. Sobald

Patrick an eine Tür geklopft hatte, gingen sie ihrer Arbeit wieder nach. Patrick murmelte nur drei Worte: »Zorro schickt mich.«

Er trat in ein Zimmer, das für ein Hotel, dessen Aufzüge goldene Seitenwände hatten und in dessen Teppichen ein Männerfuß versinken konnte, ungewöhnlich klein war. Ein Mädchen stand in einem Pullover, der erst Jerónimo gehört hatte, hinter der Tür; ihre Schultern wirkten verloren, doch die Form ihrer Brüste konnte der Pullover nicht verfälschen. Patricks Loyalität war ungeteilt. Die Guzmanns bezahlten ihn dafür, ihre Familie zu beschützen und ihre gesamten Interessen zu wahren. Dennoch war er nicht der Mann, der sich des Anblicks von Nippeln unter einem alten Pullover entziehen konnte.

Das Mädchen lächelte über Patricks Socken. Sie hatte schon von diesem verrückten Leibwächter gehört, der im Keller einer Synagoge wohnte und Unterhemden und ein Halfter ohne Schußwaffe trug. Die Unebenmäßigkeit seines Gesichts gefiel ihr, die weißen Haare auf seinen Knöcheln und seine unvollkommene Nase. Das Mädchen war Odile Leonhardy, die jugendliche Pornokönigin, und sie bewunderte Männer mit gewaltigen Zinken. Sie war in die besseren Viertel gezogen und hatte sich im Plaza ein Zimmer gemietet, um den Durchbruch ins Filmgeschäft zu schaffen.

»Wo ist ihre Jarmulke, Patrick Silver?«

»In meiner Tasche«, sagte er.

»Warum setzen Sie sie nicht auf?«

»Ich trage sie nur beim Beten, Miß. Oder wenn mir kalt ist.«

»Was ist mit dem Baby?«

»Er sitzt unten.«

»Kann man ihn unbesorgt allein lassen?«

»Kein Bulle würde ihn je aus dem Plaza-Hotel holen,

Miß. Ich sollte das eigentlich am besten wissen. Ich war dreizehn Jahre bei der Polizei.«

»Nennen Sie mich nicht *Miß*. Ich bin Odile. Hat Zorro Sie nicht beauftragt, Jerónimo zu mir zu bringen?«

Das Mädchen verwirrte ihn. »Nein! Zorro ist nach Atlantic City gefahren. Er hat mich gebeten. Sie aufzusuchen und Ihnen zu sagen, daß er eine Zeitlang weg ist.«

»Was tut er in Atlantic City? Zorro haßt das Meer. Haben Sie je gesehen, daß er sein Hemd auszieht?«

»Er ist nicht zum Schwimmen hingefahren. Er hat geschäftlich in New Jersey zu tun.«

»Wie nett für ihn. Erledigen Sie Ihren Auftrag, Patrick Silver, und bringen Sie Jerónimo zu mir.«

Wollte sie mit dem Baby »Backe-backe-Kuchen« spielen? Das war nicht Patricks Sache. Er drückte sich an den Wagen der Zimmermädchen vorbei und zerrte Jerónimo aus dem Foyer. Welche Art von Macht hatte Zorro über das Mädchen? Sie schnallte Jerónimos Gürtel auf und fauchte Silver an: »Warten Sie draußen!«

Patrick wurde auf seine alten Tage Mittelsmann (noch ein Jahr, und er würde fünfzig sein). Die Guzmanns hatten ihn zu einem irischen Zuhälter gemacht: Er war derjenige, der Jerónimo in Odiles Bett führte.

Patrick mußte dem Girren einer Hure lauschen; er konnte sich nicht von der Tür losreißen. Odile murmelte: »Jerónimo, Jerónimo«, und das Baby fing an zu stöhnen. Jerónimo schrie nicht aus Mißvergnügen; soviel bekam Patrick mit.

Durch die Wand drang kein Stöhnen mehr. Jerónimo konnte nicht mehr als drei Minuten drinnen gewesen sein. Sein Gürtel war zugeschnallt, als Odile ihn rausbrachte. In ihrem Pullover waren noch dieselben Knitterfalten. »Sagen Sie Zorro, daß Odile ihm Glück in Atlantic City wünscht.«

»Wird gemacht, Miß.«

Patrick nahm das Baby an der Hand und ließ sie auf ihrer Wanderung durch die Korridore nicht los. Jerónimos Handfläche war feucht. Sein Kopf hüpfte beim Gehen auf und ab, seine Schultern hingen schlaff nach unten, und in seiner Brust pfiff es, als er Silver zu den Aufzügen zerrte.

Jerónimo brachte seinen irischen Wächter außer Atem. Patrick mußte um Luft ringen. Die beiden alten Knaben traten in den Aufzug. Die Fahrgäste starrten sie an. Patrick und Jerónimo hatten gewaltige grauweiße Schöpfe; ihre dicken Kleider rochen nach Winter; der Riese im Unterhemd glaubte nicht an Schuhe.

Sie hielten wieder Händchen, als sie aus dem Aufzug traten; das Baby hielt Patrick am Daumen. Er führte seinen Wächter sicher unter den Markisenrändern des Plaza durch und in einen feuchtheißen Juli.

Weibervolk trieb sich am Busbahnhof rum, Weibervolk und Spione. Knarren beulten Kleider aus, die Antennen von Funkgeräten kletterten Rücken hinauf, Zeitungspapier war in Büstenhalter gestopft worden; unter den wallenden Perücken steckten die blonden »Engel« von der Abteilung des First Deputy. Sie gehörten Isaac Sidel. Ihr Chef hatte seinen Krieg gegen die Familie Guzmann verloren, eine Sippe von Zuhältern und Lotterieeinnehmern aus der Bronx, Marranen aus der Boston Road. Papa Guzmann und seine fünf Söhne Alejandro, Topal, Jorge, César und Jerónimo hatten den Chef verärgert, indem sie die Brücke der Dritten Avenue überschritten hatten, um mitten in Manhattan einen Hurenmarkt zu betreiben. Isaac der Tapfere konnte César, der in der Bronx Zorro genannt wurde, und seine Bande von Babyprostituierten nicht in die Falle locken. Daher hatte sich der Chef aus seinem Amt verstoßen lassen, war in der Bronx untergetaucht und als ein Faktotum Papa Guzmanns in der Boston Road wieder aufgetaucht. Doch seine Nähe zu den Guzmanns brachte ihn nicht zum Ziel. Er kam mit einem Bandwurm aus der Bronx zurück und einer schwarzen Zunge und ohne Verhaftungen.

Die blonden Engel hatten vor, die Schande ihres Chefs zu rächen. Sie suchten den Busbahnhof nach Spuren von Zorro und seinen Brüdern ab. Sie hätten Alejandro das Genick gebrochen, Topals Gehirn in einer Kloschüssel runtergespült und Zorro kleine Münzen in die Augäpfel gedrückt.

Sie erreichten nichts. Zorro ging zwischen den Jungs mit den bunten Hemden in seidenen Unterhosen spazieren. Sein Gesicht war mit dem Wachs eines geschmolzenen braunen Stifts beschmiert, und er trug einen Bastkoffer wie die mexikanischen Hilfsarbeiter, die jeden Sommer nach New Jersey geschmuggelt wurden, um Süßkartoffeln zu ernten. Sein Bruder Jorge war bei ihm. Unter Jorges Ohren waren kleine Fusseln der geschmolzenen Farbe zurückgeblieben.

Die Brüder stiegen in einen Bus mit alten Rattansitzen. Zorro hatte für seinen Bruder eine Banane aus der Bronx und einen Koffer voller Äpfel aus dem Obstgarten seines Vaters mitgenommen. Die Äpfel hatten leichte Stoßstellen. Die Guzmanns hatten sie gerade erst gepflückt, als Isaacs Freunde vom FBI sich mit einem Schweißbrenner auf die Farm eingeschlichen und Papas Anwesen den Garaus gemacht hatten.

Für Papa ertrugen die Jungen auch die Bambusspieße der alten Sitze in ihren Hintern. Sie wollten einen fliegenden Händler namens Isidoro besuchen, der zu Papas entfernten Cousins zählte.

Der fliegende Händler hatte Papa seine Existenz zu verdanken. Er nagte in einer Hütte am Rand von Bogotá am Hungertuch, als Papa ihn rettete und in einen Süßwarenladen in der Bronx brachte. Dieser Süßwarenladen hatte eine Vielfalt von Gesichtern: Er war der Hauptsitz der Guzmanns, Krankenhaus, Schlafzimmer und Lotteriestelle.

Isidoro hätte sich damit begnügt, bittere Schokolade zu essen und in dem Süßwarenladen eine Glatze zu kriegen, wenn Isaac nicht gewesen wäre. Da es ihm nicht gelang, einen von Papas fünf Jungen zu korrumpieren, machte sich der Chef an Isidoro ran. Er jagte dem armen Bogotano Angst ein, indem er ihm steckte, was die Polizei von Manhattan mit fliegenden Händlern machte. »Sie bohren dir Löcher in die Zunge, wenn ich dir nicht beistehe, Isidoro. Du hast hier keine Zukunft.«

Mit dieser und anderen Schmeicheleien kriegte er Isidoro rum. Der kleine Händler fing an, für Isaac zu spionieren. Seine Enthüllungen waren unbedeutend; er verkaufte dem Chef nur vereinzelte Informationsfitzel. Als Isaac den Süßwarenladen auseinandernahm, kniff der fliegende Händler und setzte sich nach Atlantic City ab. Als Isidoro und Isaac gleichzeitig verschwanden, kratzte Papa Guzmann sich am Kopf. Es lag auf der Hand, sich das liebevolle Verhältnis zwischen seinem Cousin und Isaac dem Scheißer auszumalen.

Die Brüder trafen am alten Busbahnhof in der Arctic Avenue ein. Jorge erlitt Hungerqualen. Er hielt sich den Magen und quiekte erbärmlich; er hielt Ausschau nach Süßwarenverkäufern, die nicht vorhanden waren. Zorro hatte keine Bananen mehr in der Tasche. Doch er mußte Jorge beschwichtigen; das Gequäke eines Mannes mit einem Fünfzigzentimeterhals hätte die Aufmerksamkeit auf sie gelenkt, die Guzmanns in Atlantic City identifiziert. »Weine nicht, Jorge. Am Strand bekommst du Süßigkeiten.«

Sie nahmen den Weg über die Arkansas Avenue zur Strandpromenade und kauften Jorge unterwegs in einem Chadassa-Billigladen einen Hut, damit ihm die Sonne nicht in die Augen schien. Sie gingen an einer Reihe verwahrloster Hotels in der Nähe der Pacific Avenue vorbei; kleine morsche Aufgänge und Verandas und alte Männer, die durch die Jalousien sahen. Die große angelaufene Kuppel des Claridge funkelte von South Indiana herüber. Der Geruch nach Bräunungsöl schlug den beiden Brüdern entgegen, sowie sie den Strand erreichten. Ohne den Schutz der Arkansas Avenue waren sie dem heißen Wind ausgesetzt.

Die schiefe Strandpromenade machte Zorro fertig. Auf Holz, das sich von seinen Füßen fortbog, konnte er nicht allzu weit gehen. Er brachte Jorge zu einem Laden, in dem man Karamelbonbons kaufen konnte. Jorge strahlte das Förderband an, das geröstete Erdnüsse vom Fenster zu einem Ofen ganz hinten im Laden transportierte. Eine Marionette mit lebhaften Händen rührte in einer Kupferschale hinter den Erdnüssen Karamelmasse. Das buschige Haar der Marionette erinnerte Jorge an seinen älteren Bruder. »Jerónimo«, grunzte er und vergaß einen Moment lang seinen Magen. Er wollte keine Bonbons – ob schwarz, weiß, grün oder gelb. Zorro mußte ihm Schokoladengeld, Gummibären und Mandelmakronen kaufen.

Sie kletterten über die Böschung der Promenade und wichen den Bimmelbahnen aus, die vor Passagieren überquollen, die große Strohhüte trugen und aus winzigen Flaschen Rum nuckelten. Sie lachten über Zorros Farbenpracht. »Komm mit, Buntstiftgesicht.« Jorge hätte die kleinen Züge auseinandergenommen, hätte sämtliche Hüte über die Promenade verteilt, wenn Zorro ihn nicht mit einem Daumen in seiner Hose in Schranken gehalten hätte. »Papa hat dich gewarnt, dich nicht mit diesen Idioten einzulassen. Wir verlieren Isidoros Spur, Bruder, denk daran, was Isaac uns angetan hat. Er hat versucht, Jerónimo umzubringen. Er hat uns das Landhaus genommen.«

Jorge schleuderte Makronenstücke in die Wagen. Er brummte Flüche, die nur ein Marrane hätte verstehen können. Er sprach in wirrem Portugiesisch. Doch er riß den Wagen nicht die Stoßstangen ab. Er blieb einen Schritt hinter seinem Bruder. Die Leute starrten sie von den Sonnenterrassen riesiger Hotels aus an, die an den Rand der Promenade grenzten. Der Rost auf den Kupferdächern der Hotels war schleimig grün geworden. Die Steinmauern der Sonnenterrassen bröckelten unter der Oberfläche ab. Jorge fuhr die aufgeworfenen Stellen mit dem Finger nach.

Die Unreinheiten im Stein flimmerten unter der weichen Krempe seines Hutes. Jorge wäre mit einer Hand an der Mauer weitergebummelt, doch Zorro führte ihn von den Sonnenterrassen fort. Ein Ruck an seiner Hose, und sie standen in einer Zigeunerbude, die nicht mehr als eine häßlich klaffende Wunde in der Mauer war. Das Wort »Phrenologin« war in hübschem Gelb über die Bude gepinselt. Das erschreckte Jorge, der keine langen Wörter lesen konnte, obwohl er klüger war als Jerónimo. Jorge konnte eine Schleife bügeln, in ganzen Sätzen reden und unter Aufbietung all seiner Seelenstärke ins Herz einer Kloschüssel pinkeln. Wie alle seine Brüder hatte er keinen bestimmten Geburtstag (was solche Ereignisse betraf, war sein Vater abergläubisch), doch er war ein Sommerkind, im Januar geboren, während der peruanischen Trockenzeit vor knapp vierzig Jahren.

Jorge spürte in dieser Zigeunerhöhle einen Hauch am Hals. Eine schwangere Frau in einem Herrenunterhemd saß hinter dem Eingang der Bude. Sie hieß die beiden Brüder mit einem gewaltigen Gähnen in ihrer Höhle willkommen; ihr Unterhemd legte sich in Falten, und durch ihren Bauch zogen sich Risse. Zorro interessierte sie nicht. Sie mochte kleine Ohren an einem großen Kopf. Jorge mußte sich für die Zigeunerin bücken. Die Frau hauchte seinen Skalp an. Ohne Jorge zu berühren, konnte sie die Formgebung seiner Ohrläppchen bestimmen und die Anzahl der Huppel auf seinem Schädel angeben. »Dieser Junge ist lüstern auf Frauen«, sagte sie. »Paß auf ihn auf. Seine Knie sind nicht stark. Er wird zu Fall kommen.«

»Gut«, sagte Zorro. »Großartig. Ich werde auf die Knie meines Bruder aufpassen.« Er ließ fünf Dollar in das Unterhemd der Zigeunerin fallen. »Madame Sonia, sparen Sie sich Ihre Voraussagen. Unsere Religion gestattet uns keine Zukunft. Wir sind auf prähistorische Weise Katholiken. Wir lieben Jesus, aber wir haben nicht viel Verwendung für seine Mutter. Erwarten Sie daher kein Mitleid von uns. Mein Vater fühlt sich einsam ohne seinen Cousin. Wo ist Isidoro? Es heißt, Sie seien jetzt seine Hauswirtin.«

Der Bogotano konnte nicht weit denken. Die Hälfte von Papas Schiebern und Anwerbern machte an der Uferpromenade zwischen der Texas Avenue und dem Steeplechase Pier Urlaub, weil Miami zu weit weg war. Die Schieber hatten Isidoro mit der schwangeren Hexe gesehen.

»Seien Sie nicht gemein, Sonia. Sie haben die Wirbel im Haar meines Bruders gezählt. Er hat schon Heimweh. Sehen Sie es denn nicht? Er kriegt Blähungen, sowie er die Bronx verläßt. Wo ist Isidoro?«

Ein Junge sprang hinter dem Stuhl der Hexe hervor. Er hielt Jorge einen kleinen Revolver an den Kopf. Zorro bemerkte, daß er schiefe Zähne hatte und daß der metallumwickelte Lauf des Revolvers in Jorges Ohr zitterte. »Das ist mein Sohn«, sagte die schwangere Zigeunerin. »Er hört auf mich. Er wird deinem Bruder eine Kugel in die Fresse jagen, das schwöre ich dir. Macht, daß ihr aus Atlantic City rauskommt!«

Jorge ließ sich nicht verdrießen. Er steckte sich einen Gummibär in den Mund und legte zwei Finger um die Trommel des Revolvers. Jorges Handbewegung bereitete der Hexe Kopfzerbrechen; es erschien ihr idiotisch, eine Schußwaffe mit zwei trägen Fingern zu streicheln.

Zorro rieb sich die Backe. Die Marranen verachteten Feuerwaffen (Schußwaffen waren für Banditen in der Großstadt und für Bullen wie Isaac die Kröte da), doch Zorro erkannte die Festigkeit, mit der sein Bruder zupackte. Er grub der Hexe einen Fingernagel in den Bauch. »Bring mir Isidoro!«

Der Junge fauchte Zorro an und versuchte, den Abzug zu lösen; die Trommel wollte sich einfach nicht drehen. Jorge hatte mit zwei Fingern den Abzug blockiert. Die Hexe wälzte sich auf ihrem Stuhl. Die Guzmanns mußten Untermenschen sein, Geschöpfe mit stinkenden Seelen; wer sonst hätte Bleikugeln mit einem Daumendruck unschädlich machen können? »Misters, tun Sie meinem Jungen nichts.«

Die Waffe verschwand in Jorges Ärmel. Die Zigeunerin wackelte mit dem Kopf. Nur Männer, die die dampfende Pisse christlich-jüdischer Heiliger tranken, konnten so starke Zauberkräfte besitzen. Sonia hatte von den Marranen gehört, die Moses auf dem Sinai, Jesus, Jakob und die Könige von Babylon zu ihrem Schutz anrufen konnten. Sie führte die Brüder aus der Höhle und in das dichte Gras ihres Privatgrundstücks, ein schmaler Keil Land hinter der Pennsylvania Avenue. Auf dem Rasen der Hexe gab es keine Bimmelbahnen, nur das Aushängeschild eines alten Restaurants, The Merman's Roost, und Blechstücke, die einer Gondel oder einem anderen langen, schmalen Schiff ähnlich sehen sollten; das Blech lag verrostet auf dem Boden, die Ränder der Gondel waren angenagt, und in der Mitte warfen sich enorme Blattern auf.

Jorge ließ sich durch eine Gondel im Gras verwirren. Er hätte sich die Hose zerreißen können, während er über ein Boot mit Zähnen in seinen beiden gewaltigen Ohren stieg. Zorro mußte seinen Bruder über das Aushängeschild führen, Knie für Knie. Der Rost verschmutzte Jorges Schuhe.

Die Zigeunerin brachte sie zu einem niedrigen Häuschen am Ende der Parzelle. Die Brüder fanden keine benutzbare Tür. Sie mußten durch ein Loch im Drahtgitter der Veranda kriechen, um in das Haus der Zigeunerin zu gelangen. Der fliegende Händler machte ihnen keinen Ärger. Er rief Zorro von der Küche aus zu: »Was kann ich für dich tun, César? Ich vermisse den Tee deines Vaters. Mir fehlt die Geduld, Gebete über den Kessel zu sprechen. Wie Papa es tut.«

»Isidoro, meine Zunge ist heute nicht trocken. Ich komme auch ohne deinen Tee aus.«

Der Händler schlurfte im Schlafanzug durch die Küche. Zorros Groll war verflogen; er hätte nicht so grob mit dem Cousin seines Vaters umgehen sollen. Die Guzmanns tranken dunkelroten Tee mit Isidoro. Jorge verbrannte sich die Finger am Glas. Isidoro gestattete sich ein schüchternes Lächeln. Die Crypto-Juden aus Spanien, Portugal, Holland, Brasilien, Peru und der Bronx konnten nur brühendheißen Tee genießen; das Feuer in ihrer Gurgel sagte ihnen, daß sie noch am Leben waren.

Mit rotem Tee im Magen legte sich Zorros Wut. Er

mußte finanzielle Angelegenheiten erörtern. »Isidoro, Papa schuldet dir einhundertsiebzig Dollar. Ich habe es in seinem Rechnungsbuch gelesen. Wie soll der Betrag gezahlt werden? An die Zigeunerin und ihren Sohn?«

»Zur Hälfte«, sagte der fliegende Händler. »Die Hälfte an Madame Sonia und die andere Hälfte an das Waisenhaus in der Stebbins Avenue.«

»Isidoro, du kennst die Dummköpfe, die dieses Heim verwalten. Deine Wohltätigkeit wird in die Tasche eines reichen Arztes fließen.« Die verquollenen Augen des Händlers geboten Zorros Argumenten Einhalt. Er malte eine Zahl auf seine Manschette; dort erledigten die Guzmanns den größten Teil ihrer Arithmetik. »Fünfundachtzig Dollar an die Waisen der Stebbins Avenue«, verkündete Zorro. Dann umarmten er und Jorge Isidoro; die drei wiegten sich vor dem Ofen der Zigeunerin. Die Brüder waren dem *Bogotano* immer noch zugetan.

Sie hielten einander noch im Arm, als Jorge schniefte und Isidoro sich nach Jerónimo erkundigte. »Das Baby ist in guten Händen. Papa hat ihm einen Leibwächter engagiert, einen irischen Gorilla.« Zorro roch Isaac auf Isidoros Schlafanzug. Er beendete die Umarmung.

»Isidoro, du hättest dich nicht mit Isaac dem Scheißer einlassen dürfen. Warum hast du nicht bei einem anderen Bullen gesungen ...?«

Jorge klatschte seine Ellbogen unter dem Mund des fliegenden Händlers zusammen. Isidoro wand sich nicht an Jorges Brust. Seine Augäpfel waren nicht blutunterlaufen. Die Adern auf seinen Schläfen traten nicht langsam als schreckliche blaue Würmer hervor. Die Knochen hinter seinen Ohren knacksten einmal, und der fliegende Händler war tot.

Am späten Nachmittag würde ein Lastwagen eintreffen. Die Guzmanns waren keine Frevler. Für Papas Cousin waren Vorkehrungen getroffen worden. Er würde nicht in der Erde von Jersey ruhen müssen. Der Wagen würde ihn auf den Friedhof der Guzmanns in Bronxville transportieren, und dort würde sich eine bestellte Trauergesellschaft um Isidoros willen die Kleider zerreißen und um ihn klagen, bis sich der Himmel schwarz färbte.

Die Brüder verließen das Haus durch das Loch im Drahtgeflecht, stiegen über die rostige Gondel und traten aus der Höhle der Zigeunerin. Sie schlossen sich in einer Toilette am Steeplechase-Pier ein. Zorro leerte seinen Koffer aus. Äpfel, zwei bunte Halstücher, Röcke, eine Bluse, hockhackige Schuhe. Jorge verließ den Pier mit den beiden bunten Halstüchern auf dem Kopf und Äpfeln in seiner Bluse. So würde Zorro sie klammheimlich zum Süßwarenladen seines Vaters zurückbringen. Isaac der Scheißer hatte auf der ganzen Boston Road Bullen aufgestellt. Nur Nigger, Kinder und Mädchen mit bunten Kopftüchern waren sicher.

Jorge machten die Schals, Blusen und Röcke übellaunig. Er ließ die Äpfel auf seine Taille kullern. Dann stelzte er über die Strandpromenade. Zorro kam nicht zur Arkansas Avenue, ohne seinem Bruder noch mehr Gummibären zu kaufen.

2

»Die dunklen Flaschen, Sammy, wenn's recht ist. Im üblichen Krug. Ich hab mal wieder einen Durst, der jedes Nilpferd fertigmachen könnte.«

Patrick Silver trank sein Guinness warm. In winzigen Flaschen, die zeremoniell hinter der Theke gestapelt wurden, kam es aus Dublin. Die Kings of Munster konnten ihren besten Kunden nicht versetzen. Als irischer Bar in der Horatio Street ging ihnen das Guinness nie aus.

Silver brauchte seine zwanzig Schlückchen. Erschöpft von seiner Drangsal in der Synagoge, stolperte er in die Kings of Munster. Nach dem Abendgebet stellte der Barkeeper zwei Krüge für ihn bereit. Es war Patricks Los, ein Minjen (ein Quorum von zehn aufrechten Juden) für seine Schul zusammenzutrommeln. Seine Technik, Juden einzufangen, war eigentümlich. Er hockte sich auf die Stufen der Synagoge und zirpte die Passanten an, ob Kleinkind, Mann oder Junge. »Sind Sie Jude, Sir?« Wenn man auch nur einen Moment zögerte, war man verloren. Patrick schlug von der Treppe aus zu, packte einen Arm und zerrte den Betreffenden hinein. Er konnte zwei Männer oder drei Jungen auf einmal tragen. Jerónimo erleichterte ihm diese Aufgabe. Er hängte dem Baby einen Gebetsschal über den Kopf und zählte es zum Minjen. Jerónimos Maulen kam nicht gegen das Dröhnen des Minjens an. Wenn ihm nur ein Jude abging, hatte Patrick sein Gebetbuch. Er wickelte es in die Fransen seines Schals, sprach einen Segen, und das Gebetbuch wurde zu Patricks zehntem Mann.

Doch die Inanspruchnahme durch so viele Minjens tat ihre Wirkung auf Patrick, der sich um die Synagoge und das Baby kümmern mußte. Daher saß er in den Kings of Munster auf dem Hocker, der ihm am liebsten war, weit ab vom Fenster und der Hundescheiße auf der Horatio Street, die sich im Juli so schnell ausbreitete; für einen Iren war es gefährlich, vor die Tür zu gehen. »Gottes Segen«, sagte er zu dem Barkeeper Sam, ehe er aus dem Krug trank.

Silver ging liebevoll mit seinen Flaschen um. Ihm wuchs kein Guinness-Schnurrbart, ehe die sechste Flasche eingeschenkt war. Die Kings of Munster waren keine Bar für Säufer. Patrick nippte an seinem Bier, steckte seine Zunge in den bitteren Schaum. Er verabscheute amerikanisches Bier, dieses pißblonde Abwaschwasser. Silver war ein Guinness-Kind, mit einer schwarzen Flasche im Mund geboren. Sein Vater, der in Limerick Bleistifte herstellte, bis ein verrückter Priester alle Juden davonjagte, hatte ihn in die Kings of Munster mitgenommen, als er einen Monat alt war, und ihn auf den Tresen gesetzt. Auf diese Weise erlernte Patrick das Krabbeln, auf einem zerbeulten Blech, das mit Whiskey und Dubliner Bier galvanisiert war. Er brauchte seine Nase nicht heimlich in den Krug eines Gentleman zu stecken. Er trank sein Guinness direkt vom Tresen, angewärmt und mit einem leichten Beigeschmack von Zink.

Bei der zwölften Flasche hatte Patrick auf drei Seiten seines Gesichts Schnurrbärte. Er fing an, die Lieder seines Vaters über die Hexen, Riesen und Kröten von Limerick und den Brand der Wolftone Street zu grölen. So besoffen er auch war und obwohl ihm das Guinness aus den Ohren rauskam, sah er dennoch einen bösen Chrysler dreimal am Fenster der Kings vorbeifahren. Patrick spuckte sich in die Hände, um die Racheengel zu verscheuchen, die über der Horatio Street schweben könnten. Er kannte sowohl den Besitzer dieses Wagens als auch seinen häufigsten Fahrgast. Er verabschiedete sich von Sammy, rappelte sich hoch und humpelte aus der Bar.

Es war verräterisch, auf bloßen Socken auf den Abingdon Square einzubiegen, aber Patrick konnte keine Schuhe tragen. Lederbänder an den Füßen verursachten ihm gottlose Blasen. Als Bulle war er der Gnade seiner Vorgesetzten ausgeliefert gewesen: Der Police Commissioner duldete keine Beamten ohne Schuhe im Umkreis seines Büros. Patrick mußte seine gesamten Schuhvorräte mit Wattebällchen auspolstern. Dreizehn Jahre lang war er auf Watte gegangen und hatte über die zahllosen Blasen gejammert, die er sich dabei einhandelte. Die Ärzte des Bellevue hatten noch nie von einem Bullen mit derart sensiblen Füßen gehört. Patrick mied Fußpfleger und ihr Gerede über Wunderpulver und hopste gequält rum, wenn er einen Dieb jagen mußte.

Jetzt hielt er Ausschau nach Hundescheiße. Bei den Bänken des Abingdon-Square-Parks bog er ab; er mißtraute den grauen Bereichen zwischen den Straßenlaternen. Abends war er etwas kurzsichtig. Die Halbglatze im Park bemerkte er erst, als sie ihm etwas zuzischte. »Komm her, Silver.«

Patrick stöhnte. »Ich hätte mir denken können, daß du das in dem Wagen des First Deputy warst. Warum zum Teufel folgst du mir?«

Der Mann auf der Bank war Isaac, Isaac der Tapfere, der seine roten Backen in der Bronx verloren hatte. Und einen Großteil seines guten Aussehens. Er hatte Risse in der Stirn, die selbst im Dunkeln nicht weggingen. Sein Kinn saß krumm auf seinem ausgemergelten Hals. Ein Guzmann mußte Isaac die Zähne eingeschlagen haben.

»Patrick, es ist nicht fair, daß du so tust, als gäbe es

uns nicht mehr. Commissioner Ned war wie eine Mutter zu dir. Er hat dich im Präsidium aufgezogen. Du solltest ihn wenigstens einmal besuchen, ehe er stirbt.«

»Wenn ich jemals in die Nähe des Präsidiums käme, würdest du mich in Ketten legen und mir die Zehen abzwicken.«

»Dein Kopf könnte einen Friseur vertragen ... Wo ist Jerónimo?«

Patrick strauchelte in seinen schwarzen Socken. Er kannte alle Tricks des First Deputy. Isaac hatte ihm nicht wegen eines kleinen Plauschs im Park aufgelauert. Diese Leute waren durchtrieben. Isaacs »Kinder« mußten in der Nähe sein, engelsgleiche Knaben, die schamlos eine alte Schul geplündert hätten. Patrick mußte nach Hause laufen, ehe die Engel Jerónimo kidnappten. Doch das Guinness hatte ihm eins hinter die Ohren gegeben. Er konnte nicht mit zwei verhedderten Beinen losspazieren.

»Ich habe dich gefragt, wo Jerónimo ist.«

»Isaac, Liebling«, sagte Patrick in seinem besten Irisch, einem Akzent, mit dem er in einer ständig abnehmenden Gruppe von »Hebräern« in einer Synagoge der Bethune Street aufgewachsen war, Leuten, die Irland seit neunundsechzig Jahren nicht mehr gesehen hatten. »Das Kerlchen schläft. Wir hatten heute ein großes Festmahl. Schokoladentorte aus dem Laden seines Vaters. Nach einer ausgiebigen Mahlzeit macht er gern ein Schläfchen.«

»Hat er Blut an den Fingern?«

»Wieso?«

»Weil er auf den Dächern gespielt hat.«

Ein kleiner Junge war auf einem Dach über der Charles Street mit aufgeschlitzter Kehle gefunden worden. Jemand hatte ihm die Augen, Ohren und Lippen dunkelrot angemalt. Mordkommandos aus Manhattan South durchforsteten die Gegend nach möglichen Kindermördern.

»Isaac, du hast Stroh im Kopf. Das Kerlchen geht nie höher als ins Parterre. Fenster und Feuerleitern setzen ihn außer Kraft. Wer weiß das besser als ich? Wir kleben seit einem Monat zusammen. Ich lasse ihn keinen Moment aus den Augen.«

Isaac trat aus dem Schatten. Er hatte keine einzige Locke im Gesicht. Da, wo früher seine Koteletten gewesen waren, hatte er jetzt wunde Stellen. Ohne diese Haarbüschel wirkte er abgegrast. Doch er konnte immer noch Leuten zuzischen.

»Kein Wunder, daß Jerónimo bei dir wohnt. Ein perfektes Paar, du und das Baby. Patrick, du bist der dümmste Kriminaler seit Menschengedenken. Der First Dep war dein Rettungsanker. Ohne seine Zuneigung wärst du vor Jahren ertrunken. Wenn du minütlich Rechenschaft über Jerónimo ablegen kannst, dann sag mir, wo er jetzt ist.«

Schwarze Dämpfe blubberten aus Patricks Nase: Er schnaubte Vater Isaac mit Luft und Guinness an. »Habe ich dir nicht gesagt, daß das Kerlchen schläft?«

Es gelang ihm, sich loszureißen, den Park und den Abingdon Square hinter sich zu lassen. Seine Beine trugen ihn. Seine Knie hielten durch. Er konnte Isaacs Pfiffe hören. »Besorg dir ein Paar Schuhe, du dreckiger Halunke.« Er hatte die Einmündung der Bethune Street erreicht, den Rinnstein überquert. »Wenn du mir Jerónimo nicht auslieferst, schütte ich dir Rattengift ins Bier. Deine Lunge wird rauchen. Silver, halt dich von meinen Straßen fern!« Er brauchte seine Schritte nicht vorauszuberechnen. Ein Ire landet immer gut. Patrick konnte nicht danebentreten. Er prallte mit seinem Schädel gegen die Schul und streifte einen der Pfosten der Markise. »Jesus«, murmelte er mit einer Beule auf dem Kopf. Er trat unter die Treppe und wühlte nach seinem Hausschlüssel. Sturzvoll und halb erblindet konnte er nicht mit einem Schlüsselloch ringen.

»Gott Esaus«, sagte er, »steh mir bei.« Er verfluchte Jakob und Rebekka, die Esau um sein Erstgeburtsrecht beschwindelt hatten. Esau war ein behaarter Mann, wie Patrick Silver und Jerónimo. Doch Patrick hatte kein Erstgeburtsrecht zu verlieren. Sein Vater hatte ihm einen Gebetsschal mit zerrupften Troddeln und die Auflage hinterlassen, eine Synagoge für heimatlose Iren zu erhalten.

Der Schlüssel drehte sich in Patricks Hand, und die Synagoge schloß sich vor ihm auf. Er torkelte auf sein Zimmer zu; er hatte Angst, nach Jerónimo zu sehen. Durch die Wand hörte er ein Schnarchen. Er dankte dem Gott Esaus dafür, daß er behaarte Männer vor Unheil bewahrte. Er machte die Tür auf. Jerónimo lag in Patricks Bett, unter einer dünnen Sommerdecke. Die Decke hob sich bei jedem Schnarchlaut. Das Baby sabberte im Schlaf; die Decke hatte eine nasse Stelle. Patrick machte das nichts aus. Er schlief nicht zum ersten Mal in der Spucke des Babys.

3

Isaac der Tapfere trank seinen Schluck Rizinusöl und ging ins Scheißhaus. Das war ein Teil seiner mittwochmorgendlichen Routine. Das Scheißhaus gehörte zum Presbyterianer-Krankenhaus. Isaac mußte dem Labor für Tropenkrankheiten Proben spenden. Einmal wöchentlich untersuchten Spezialisten seinen Stuhl. Der Chef hatte einen Wurm in seinen Därmen, gehässig und intelligent, zwei Meter fünfzig lang und mit Häkchen und vielen Saugnäpfen.

Isaacs Wurm war das Große Los unter den Tropenkrankheiten. Die Ärzte und Labortechniker konnten sich an keinen anderen Wurm erinnern, der so spektakulär in einem Menschen gedieh. Sie pumpten Isaac mit Kontrastmitteln voll, um den Wurm zu röntgen.

»Inspektor Sidel, sind Sie sicher, daß Sie nicht in Südamerika waren? Wir schreiben nicht mehr das Jahr 1905. Heute holt man sich in Manhattan keinen Schweinebandwurm mehr.«

Der Chef fing an, sich vor dem Gang ins Scheißhaus zu fürchten. Vom Rizinusöl geschwächt, verließ er das Krankenhaus. Doch er brauchte nicht wie ein verwundeter Bär ins Präsidium zu kriechen. Sein Chauffeur brachte ihn hin.

Sergeant Brodsky wartete in Isaacs riesigem Chrysler vor dem Krankenhaus. Er konnte sich nicht mit dem jetzigen Aussehen des Chefs anfreunden. Isaac war mit krausen Koteletten in die Bronx gegangen. Mit Verbrennungsrückständen in der Nase war er zurückgekommen, und seine marokkanischen Hosenträger hatte er sich ruiniert: Sie waren mit einer dicken Schicht weißer Schokolade verkrustet. Sein Haar wirkte so unordentlich wie zerrupftes Gefieder. Der Chef war ganz grau. Sechs Guzmanns in einem Süßwarenladen hatten an seinem Mark gezehrt. Es konnte kein harmloser Winter für Isaac gewesen sein. Papa Guzmann gestattete in der Boston Road keinen Winterschlaf.

Der Chef kam auf den Chrysler zu. »Brodsky, in der Charles Street ist ein kleiner Junge umgebracht worden. Sie haben ihn vom Dach geholt. Er war rot angeschmiert. Kommt dir das nicht bekannt vor?«

Brodsky versuchte, den Schauer aus seinem Genick zu verjagen. Isaac hatte ihn erschreckt. Mit Knurrlauten kam Brodsky zurecht, doch ganze Sätze hatte er von dem Grizzlybären nicht erwartet.

»Der Lippenstift-Freak kann es nicht gewesen sein, Isaac. Hat Cowboy ihn nicht aus dem Verkehr gezogen? Der Kerl sitzt im Zuchthaus. Ein puertoricanischer Schneider.«

»Ein Kubaner« sagte der Chef. »Und außerdem hat er nie geschneidert. Puppen hat er gemacht.«

Der Bär verstummte wieder. Brodsky lenkte den Chrysler mit einem Daumen. Er spürte einen Luftzug hinter seinen Ohren.

»Nimmst du Cowboys Wort dafür, daß der Wahnsinnige noch im Gefängnis sitzt?«

Der Chief of Detectives von New York City und der Vorsitzende der Hands of Esau (einer Bruderschaft jüdischer Bullen), »Cowboy« Barney Rosenblatt, war Isaacs größter Rivale im Präsidium. Cowboy hätte einen gewöhnlichen Polizeiinspektor zu Brei zerquetscht, doch Isaac arbeitete für den mächtigsten Bullen Nordamerikas, den First Deputy Commissioner Ned O'Roarke. Der First Dep hatte einen Tumor im Kehlkopf sitzen. Er hätte schon nicht mehr am Leben sein dürfen. Auf die Verheerungen einer Krankheit konnte sich Cowboy nicht verlassen. Solange Commissioner Ned auf dem Stuhl des First Deputy saß, mußte der Chief of Detectives vor Isaac dem Tapferen knicksen.

»Warum sollte Cowboy uns belügen, Isaac?«

»Weil er ein Saftsack ist.«

Der Chauffeur war vor den Kopf gestoßen. Wer konnte die Logik eines Bären hinterfragen? »Ein Saftsack«, murmelte er. »Ganz entschieden.« Und er fuhr die Privatrampe des First Dep hinauf.

Isaac mußte sich an einer Armee von Büroangestellten vorbeidrängen. Das Präsidium räumte die Centre Street. Die Stadt hatte der Polizei eine große rote Ziegelfestung neben dem Rathaus gebaut. Die Bullen würden ihre eigene Plaza bekommen und ein Gebäude, das für Diebe, Revoluzzer und bröckelnden Stein uneinnehmbar war. Ebensosehr wie ihn die Guzmanns schlauchten, ließ sich Isaac durch den Umzug niederdrücken. Er wollte keine vollklimatisierten Büroräume und eine Datenbank, aus der man die Größe der muffigen blauen Socken eines Verbrechers abrufen konnte. Papa Guzmann war durch kein Datensystem in die Falle zu locken, und kein Datensystem konnte erklären, warum Jerónimo im Juni, Juli und August Ohrenschützer trug.

Isaac ließ einen seiner »Engel« im Zuchthaus anrufen. Dieser Engel erstattete dem Chef Bericht. »Isaac, sie haben die Aufzeichnungen über Ernesto, den Lippenstift-Freak, verloren. Sie wissen nicht, wo er ist.«

»Dann sollen sie wühlen. Wenn sie den Kubaner nicht innerhalb von fünf Stunden ausfindig machen, heize ich dem Direktor ein. Gib das so weiter.«

Es war nicht der erste Gefängnisinsasse, der aus dem städtischen Zuchthaus verschwunden war. In ein paar Tagen würde ein Zuchthausbeamter den Beweis erbringen, daß der Lippenstift-Freak von einem Krokodil gefressen worden war. Zeichnungen von Ernesto im Maul des Krokodils und eine Tasche, die man aus der zerbissenen Hose des Wahnsinnigen geschnitten hatte, würden vorgelegt werden. Isaac suchte Commissioner Ned auf.

Vier Sergeanten patrouillierten im Vorzimmer des First Dep. Isaac hatte sie dort aufgestellt. Sie wimmelten Gerichtsreporter, neugierige Büroangestellte und Polizeiwachtmeister ab, die glaubten, ihr Los durch Kniebeugen vor einem sterbenden irischen Commissioner verbessern zu können.

Der First Dep saß mit einer Decke über den Knien in der Ecke. Seine grünen Augen waren mit stumpfen gelben Stellen durchsetzt. Kobaltbehandlungen hatten seine Stimmbänder zerfressen und ihm nur noch ein heiseres Flüstern gelassen. Seine gelblichen Augen besagten wenig. O'Roarkes Geist schweifte nicht ab, ganz gleich, wieviel von ihm auch zerfressen war. Von seinem kleinen Stuhl aus leitete er das Präsidium und überwachte den langsamen Exodus aus der Centre Street.

Seine Augenbrauen zogen sich bei Isaacs Eintreten nicht zusammen. Seine Handgelenke schlichen sich unter die Decke. »Wo ist Patrick Silver?«

Patrick Silver war einst Ned O'Roarkes Liebling gewesen. Sie waren Männer aus Limerick, Anbeter des Shannon River. Patricks jüdischer Einschlag störte Commissioner Ned nicht. Irische Juden hatten ganze Klumpen katholisches Gewebe unter der Vorhaut. Nur hatte Silver seinem Verstand mit Guinness und Irish Coffee zugesetzt. Er hatte auf zu viele kleine Fische geschossen. Er war in Unterschlüpfe von Zuhältern gegangen und hatte mit seiner Fünfundvierziger gewedelt, und aus den Augäpfeln war ihm das Guinness gequollen. Der PC hatte ihm die Waffe abnehmen müssen. Silver wurde zum Büroangestellten zurückgestuft, dem Gummiknüppeltrupp zugeteilt. Er ließ seinen Job sausen und pfiff auf seine Rentenansprüche.

»Patrick ist in seiner Synagoge, Commissioner Ned. Er schläft. Ich habe ihm ein paar Versuchsballons zukommen lassen. Mit besten Grüßen von Ihnen und mir. Sie sind in Silvers Park gelandet. Meine Leute haben noch mehr auf Lager. Sie werden Dornröschen wiederbeleben.«

Isaac verließ O'Roarkes Privatgemach mit einem Zwicken im Darm. Es konnte der Wurm sein. Oder ein Ausbruch von Eifersucht. Diese Irländer kraulten sich gern gegenseitig hinter den Ohren.

Im Gang lauerten Hyänen. Herbert Pimloe stand mit Cowboy Rosenblatt vor dem Büro des First Dep. Pimloe arbeitete unter Isaac. Er war O'Roarkes Prügelknabe. Aber er hatte sich an Cowboy gehängt. Im selben Augenblick, in dem Commissioner Ned in seinem Stuhl zusammenklappte, würden sie über Isaac herfallen und ihm die Haut aus dem Gesicht reißen.

»Cowboy, was ist in der Charles Street passiert? Erzähl mir von dem verstümmelten Jungen.«

Cowboy spielte mit den Beschlägen seines Halfters und ignorierte den Chef. Isaac schob sich zwischen Cowboy und Pimloe. »War kein Lippenstift auf den Backen des kleinen Jungen? Die Geschichte kommt mir bekannt vor.«

»Herbert«, sagte Cowboy und rempelte Isaac an, um Pimloe einen Rippenstoß zu versetzen. »Das sind die Rasties, meinst du nicht? Das ist ihre liebste Jahreszeit für Ritualmorde.«

Das Präsidium schwebte in Todesängsten vor den Rastafaris, einer Gemeinschaft schwarzer Jamaikaner, die König Haile Selassie verehrten und ihr Haar in langen ›dreadlocks‹ trugen, damit es einer Löwenmähne ähnelte.

Die Rastafaris hatten sich in Brooklyn und der Bronx niedergelassen, führten eifrig Krieg in diesen Bezirken und brachten sich gegenseitig um.

»Cowboy, das ist ein anderer Kult. Die Rasties würden keinen Neunjährigen aufs Dach locken. Das ist der Lippenstift-Freak oder einer seiner Brüder.«

»Ja«, sagte Cowboy. »Jerónimo. Vielleicht sollte ich die Mordkommission auf Papas Baby loslassen. Wer weiß? Alle Guzmanns könnten Lippenstift-Freaks sein.«

»Lach nicht. Wenn die Guzmanns in Peru geblieben wären, gäbe es bei uns keine toten Jungen.«

»Isaac, ich kann deine Theorien über Jerónimo nicht mehr hören. Dieser Junge ist ein weißhaariger Trottel. Wenn du die Guzmanns haßt, dann heißt das noch lange nicht, daß der Freak aus ihren Reihen kommt. Der Freak sitzt im Zuchthaus, und da habe ich ihn hingebracht.«

»Denk um, Cowboy. Ernesto ist weg. Jemand hat den Puppenmacher rausgeholt.«

Isaac schickte nicht nach seinem Chauffeur. Er überquerte die Bowery zu Fuß. Niemand winkte ihm aus den Friseurläden und Konditoreien zu. Einst war Isaac der einzige Bischof der puertoricanisch-jüdischen East Side gewesen. Die Kaufleute waren aus ihren Geschäften geeilt, um dem Bischof die Hand zu küssen. Ein Nicken von Isaac hatte Reichtum bedeutet. Die alten *dueñas* der Eldridge Street konnten ihre Geldbörsen vom Daumen baumeln lassen. Sie hatten den großen Isaac, der ihnen jedes gestohlene Gut wieder organisierte. Doch Isaac hatte den Kontakt zu den Hauswirtinnen, Kaufleuten und Rentnern seines Bistums verloren. Die Guzmanns hatten unter seine Koteletten gehackt und das weiße Fleisch in seinem Kopf verspeist. Isaac stolperte durch die East Side wie ein hirnloser Bär.

Er trat in ein vegetarisches Restaurant, um fünf Teller

Erbsensuppe zu löffeln. Isaac mußte seinen Wurm füttern. Die Kellner ließen sich von Isaacs Begeisterung für Erbsensuppe nicht beeindrucken. Sie warteten darauf, daß der Bär von seinem Hocker klettern würde. Mit den Schweißperlen auf seiner Nase konnte Isaac einem Lokal nur schaden.

Der Chef hatte mehr als nur Erbsen im Sinn. Er war auf der Suche nach seiner Freundin Ida, der Kassiererin im Café der Ludlow Street. Er fand sie weder bei der Kasse noch beim Butterfaß, den vegetarischen Salamis oder am Herd, neben dem Ida mit Leidenschaft quadratischen Pfannkuchen für die Blinis und Blintschikis auswalkte, eine Spezialität des Hauses. Isaac zog von seinem Hocker aus Erkundigungen ein. Die Kellner zuckten die Achseln. »Isaac, Gott sei unser Zeuge, sie ist eines Tages verschwunden. Glaub nicht, sie sei nicht treu gewesen. Monat für Monat hat sie aus dem Fenster geschaut.«

»Myron«, sagte Isaac mit einem Finger im Hemd des Kellners. »Ohne das Mädchen wärt ihr bankrott. Die Blintzen wären spröde, wenn sie das Weite gesucht hätte. Jetzt sag mir schon, wo Ida ist.«

»Zu Hause«, sagte der Kellner. »Sie richtet ihre Brautausstattung her.«

»Was für eine Brautausstattung?« fragte Isaac mit verzogenen Lippen.

»Sie hat gerade einen Freier. Er ist hier ... im Restaurant.«

Myron deutete auf einen Mann mit Plastik auf den Ärmeln, der mit spitzen Fingern Champignons aß.

»Das ist Luxenberg ... unser Buchhalter.«

Isaac ging über die Straße und klopfte an Idas Tür. Sie schluckte schwer, als sie den Chef erkannte. Ida war nicht böswillig. Sie bot dem Bullen, der sie im Stich gelassen hatte, Tee und Biskuits an. Sie wollte das Ereignis nicht durch schrilles Kreischen verderben. Wie oft kehrt ein Mann von den Toten zurück?

»Isaac, glaub mir, was sind schon neun Monate unter Freunden? Aber hättest du mir nicht eine Postkarte aus der Bronx schicken können?«

»Dienstliche Angelegenheiten«, sagte Isaac mit Biskuitteig im Mund. »Meine eigene Tochter hat nichts davon gewußt, Ida. Mich hat es ganz schön erwischt. Die Guzmanns haben mich in kalte Schokolade getunkt. Sie haben mir Spinnen ins Haar gesetzt. Sie haben mir einen Wurm gemacht.«

»Isaac, wer sind diese Guzmanns, daß sie so eklige Dinge tun?« Ida sah zu, wie er Honig vom Löffelrand schleckte. Die Guzmanns, wer sie auch sein mochten, hatten ihn seiner Gewohnheiten nicht beraubt. Der Chef liebte es, nach Honig zu schnüffeln. »Ich bin verlobt, Isaac.«

»Das hat man mir im Restaurant erzählt. Luxenberg. Ein Buchhalter mit Plastikmanschetten. Ida, trägt er auch Plastik, wenn er pinkelt?«

Ida ging in die Küche. Der Chef folgte ihr. Er zog sie langsam aus. Er zerriß Idas Bluse nicht. Er mühte sich mit allen Knöpfen einzeln ab. Er legte Idas Röcke und Schlüpfer auf den Küchentisch, ohne ihre Beine zu zerkratzen. Er brauchte keine Decke unter sich. Er konnte auf Idas Linoleum krabbeln. Sie hustete, als Isaac die Senke zwischen ihren Brüsten leckte. Sie spürte die heiße Nase des Bären an ihrem Bauch. Ida verstand. Er schnüffelte nach seinem Honigglas. Er rührte sich, schaffte seinen Kopf frei. Der Chef hatte vergessen, sich auszuziehen. Seine Hose fiel runter. Er kroch in Ida.

Der Bär war elend dran. Er kopulierte mit dem Schädel an der Wand. Nur ein geistig Zurückgebliebener konnte vor Idas Motiven die Augen verschließen. Sie hatte Angst vor dem Chef. Das Mädchen hatte tiefe Furchen im Mund. Unter Isaac wurde sie glasäugig: Die Pupillen schrumpften in ihren Kopf zurück.

Isaac biß sich auf die Zunge. Die Ärzte hatten ihn über das unspezifische Unbehagen unterrichtet, das ein Wurm einem Mann bereiten konnte. Isaac verfluchte die Ärzte und ihre Röntgenbilder. Der Wurm aß ihn lebendigen Leibes auf. Sein gepanzerter Kopf zerstach und zerkratzte Isaacs Därme. Er schwor bei Jesus, daß er spüren konnte, wie der Scheißkerl sich wand. Der Wurm konspirierte mit Ida gegen ihn, um ihm Qualen zu bereiten. Er glitt aus ihr heraus und zog seine Hose hoch. Er kannte die Kassiererinnentricks. Das Mädchen duldete Isaac auf sich, um ihn von den Plastikärmeln ihres Freiers abzulenken. Ida gab dem Bären den eigenen Honig, damit er nicht wieder in die Ludlow Street ging und gegen Luxenberg und das vegetarische Restaurant wütete.

Isaac stahl sich aus der Küche. Idas Linoleum hatte sich auf seinen Knien abgedrückt. Mit Matsch im Herzen floh Isaac über die Bowery. Der Chef konnte sich nicht mehr mit den altbewährten Mitteln trösten. Das Bistum war verloren.

Herbert Pimloe war ein Bulle mit einem Phi Beta Kappa-Schlüssel. Vor Jahren hatte er auf dem Campus von Harvard von Oliver Cromwell und Thomas Hobbes geträumt, mit einem nassen Mantel und einer erbärmlichen Wollmütze. Pimloe wies die gesellschaftlichen Ansprüche eines Harvard-Abschlusses weit von sich. Er empfand Verachtung für Rechtsanwälte und die Knaben von der Regierung, die vor Sehnsucht vergingen, den Atem eines Gesandten zu riechen, und die für das diplomatische Corps gestorben wären. Pimloe wurde Bulle in New York City.

Er heiratete ein Mädchen aus Chappaqua. Er zog nach Brighton Beach. Er hatte drei Söhne, die von Pimloe die Schroffheit und den Verstand geerbt hatten und von der Form und der goldenen Farbe eines Phi Beta Kappa-Schlüssels besessen waren. In einer blauen sackförmigen Hose ging Pimloe in den Straßen von Brooklyn auf Streife. Er gab in seinem Polizeidistrikt keine überflüssigen Wissensbrocken von sich. Doch er konnte dem Campus von Harvard nicht entkommen. Ein junge Inspektor von der Abteilung des First Dep las ihn in Brooklyn auf. Dieser Inspektor war Isaac Sidel. Isaac wollte einen gebildeten Menschen aus gutem Hause auf die Listen des First Deputy setzen, einen Jungen mit einem goldenen Schlüssel.

Pimloe trug Karteikarten mit Fingerabdrücken aus dem Keller nach oben. Er holte den irischen Kommissaren belegte Brote. »Besorg mir die richtigen Schnürsenkel, Harvard. Hol mir Tinte für meinen Federhalter. Wo zum Teufel steckst du, Harvard?«

Er wurde der Prügelknabe der Abteilung. Er wischte nach Isaac auf und fiel über Bullen mit zerfressenen Ohren her. Ganze Bezirke fürchteten sich vor Isaac. Niemand konnte voraussagen, wo er zuschlagen würde. Dieser Überraschungseffekt ging einem Prügelknaben ab. In den Revieren bekannt und wesentlich greifbarer als Isaac, war Pimloe der Mann, der verhaßt war.

Durch wendige Ellbogen und seine Erinnerungen an Thomas Hobbes überlebte er. Er hängte sich an Isaacs Rivalen, Cowboy Rosenblatt. Mit Cowboys Hilfe würde er Isaac links liegenlassen und den Stuhl des First Deputy einnehmen.

Isaac war mit einem Makel behaftet. Bei seiner Fehde mit den Guzmanns hatte er sich außer Gefecht gesetzt. Er konnte O'Roarkes Stuhl nicht mehr erben. Die irischen

Kommissare hätten nie einem Bullen getraut, der wegen einer Sippe von Marranenzuhältern und Groschenspielern in der Bronx untertauchte.

Pimloe stand unter einem vereinbarten Baum im Central Park (in der Nähe des Teichs im Central Park Süd) und träumte vom Stuhl des First Deputy. Für ihn waren saure Zeiten angebrochen. In der Centre Street gab es zwanzig Inspektoren, die höher rangierten als ein Prügelknabe des Deputy. Cowboy würde ihn über deren Köpfe nach vorn stoßen müssen.

Unterdessen hielt sich Pimloe an seinen Baum. Er hatte eine Verabredung mit Odile Leonhardy, der ehemaligen Pornokönigin. Odile wollte ihn nicht in ihr Zimmer im Plaza Hotel mitnehmen. Sie behauptete, ein Bulle könne die Filmproduzenten abschrecken. Sie verzehrte sich danach, den Durchbruch ins Filmgeschäft zu schaffen. Daher wählte sie einen für sie gefahrlosen Ort; es war ein Baum mit gespaltenem Stamm, von dem aus Pimloe das Plaza erbarmungslos im Blick hatte, ohne Odile zu nahe zu kommen. Sie wollte, daß der Bulle sich vor Kummer verzehrte.

Die gräulichen Mauern des Plaza waren Ende Juli zartrosa. Das war eine Farbe, die Pimloe an die gefrorenen Eingeweide in Fischgeschäften und an ausgeblutetes Fleisch erinnerte. Er war mißmutig. Pimloe war eifersüchtig auf jeden einzelnen Produzenten, der mit Odile zu tun hatte. Er stellte sich unbekleidete Männer vor, die Odile zu einer zweiten Merle Oberon machten, während sie auf einem behaarten Knie saß.

»Herbert.«

Pimloe sah einen Fetzen Himmel durch sonnenbeschienene Blätter und Pumpsabsätze, die länger waren als der Rücken jeder Ente im Teich des Central Park. Der Absatz baumelte direkt über Pimloes Nase. Odile saß in einer kräftigen Astgabel. Pimloe brauchte nicht über die Plateausohlen ihrer Schuhe zu lugen. Das Mädchen trug ein Kleid, das vollkommen durchsichtig war.

»Können wir uns nicht heimlich ins Plaza schleichen?« bat Pimloe durch das Geäst. Er war grauenhaft scharf auf Odile. »Wieviel würden ein paar Minuten kosten?«

Pimloe hätte sie einschüchtern können; er konnte Odile mit Amt und Würden kommen. Herbert Pimloe würde der neue First Deputy werden, sowie O'Roarke von seinem Stuhl fiel.

»Ich kaufe dir ein Kleid bei Bloomingdale's«, rief Pimloe in den Baum hinauf. »Komm runter.«

»Nein.«

»Dann sag mir, was du willst.«

»Pommes frites.«

Pimloe fing an zu zittern. Odile wollte ihn ins Café Argenteuil an der Zweiundfünfzigsten Straße locken und diese französischen Kartoffelchips in sich reinmampfen, die pro Schnitz zwei Dollar kosteten. Pimloe wäre bei Bloomingdale's eingebrochen, um Odile mit Kleidern zu überhäufen. Stoffe, die um ihren Körper drapiert waren, bereiteten ihm Vergnügen. Aber für Pommes frites würde er sich nicht zum armen Mann machen lassen!

»Cafés sind aus der Mode gekommen, Odile. Es ist zu früh am Tag für Pommes frites. Wie wäre es mit einem Schluck Whiskey? Ich habe meinen Flachmann mitgebracht.«

Er bot Odile einen Schluck an. Whiskeydämpfe krochen den Baum hinauf. Für ein mickriges silbernes Fläschchen, das von einem klebrigen Bullendaumen schwarz angelaufen war, würde Odile nicht aufgeben.

Der Prügelknabe schlug erbittert die Knie zusammen. Seine Schultern fielen schlaff herunter. Er verschüttete

Whiskey auf seine Hose. »Abgemacht«, sagte er. »Pommes frites.«

Der Baum rüttelte sich kurz. Ein Paar kaum verhüllte Pobacken glitten vom Ast. Pimloe hörte die Blätter rascheln. Odile stand auf dem Boden. Auf ihren Plateausohlen war sie größer als Pimloe.

Sie war das weibliche Wunder des Central Park, ein langbeiniges Geschöpf ohne jede Andeutung von Unterwäsche; sämtliche Einsiedler und Banditos, die um den Teich herum hausten, kamen aus ihrem Unterschlupf, um Odile zu begaffen. Der Schwung ihrer Beine, die aus prachtvollen Hüftgelenken kamen, brachte sie ausnahmslos dazu, an ihren Zungen zu ersticken. Sie hatte den Gang eines Straußes. Mit einem Schnippen ihrer Knie schritt sie gnadenloses Territorium ab.

Pimloe konnte die Bandscheiben von Odiles Wirbelsäule schmecken. Ihrem eckigen Kreuz entströmte ein salziger Duft. Er würde sich aus Brighton Beach davonstehlen müssen, um Odile zu heiraten. Gegen den Zorn jener irischen Superchefs konnte Pimloe sich zur Wehr setzen. Er würde seine Krönung abwarten. Dann würden sie vor Kommissar Pimloe auf die Knie fallen müssen. Der First Deputy konnte beliebig viele Gattinnen haben.

4

Der Taxifahrer hatte zwei Bekloppte auf dem Rücksitz: einen grauhaarigen Säugling und einen riesigen Iren in stinkigen Socken. Er hatte sie am Abingdon Square aufgelesen, weil ein flauer Tag war und er es sich nicht leisten konnte, sich die Fahrgäste auszusuchen. Ihm schauderte, als der Riese die Boston Road nannte. »Entschuldigen Sie, aber die Boston Road würde ich in hundert Jahren nicht finden.«

»Das bringen wir Ihnen bei«, murrte Patrick Silver mit seinem Knöchel zwischen den Zehen.

Ein Stück abgewetztes Leder schaute unter Patricks Unterhemd raus, doch der Fahrer konnte keine Ausbeulung durch eine Waffe entdecken. Wie kam ein Ire dazu, ein leeres Halfter zu tragen? Ein Gauner aus der Boston Road? Oder ein Bulle mit einem Tick für Leder? Der Fahrer kannte alle Polizeireviere von Chinatown bis High Bridge, aber derart zerlumpte Bullen hatte er noch nie gesehen: grauhaarige Jungs in Anzügen von der Wohlfahrt. Der Kleine schob sich ständig Karamellen in den Mund. Der Fahrer machte sich auf seinem Sitz klein, um die Schallwellen der krachenden Karamellen zu dämpfen.

Patrick entschied sich für die Willis Avenue Bridge. Der Fahrer wurde zusehends übellauniger. Das schwarze Wasser unter seinem Taxi schwoll an wie übergekochtes Blut. Der Harlem River konnte seiner Einschätzung nach niemals ein echter Fluß sein; als Toilette für die Bronx führte er heiße Pisse mit sich und schwemmte Blut und Unrat ins Meer. Kochende Pißbrühe und zwei Beknackte mit grauen Büscheln hinter den Ohren hatten ihn von Manhattan abgeschnitten.

Sie fuhren über die ausgedienten Rangierbahnhöfe einer Güterwagen-Endstation auf der Bronx-Seite der Brücke. Sie waren jetzt in Mott Haven, am Rand eines früheren Industriegebiets, in dem Lagerhäuser wirr rumstanden und ein unerklärliches Bahngleis verlief, das sich nah am Wasser zu erschöpfen schien; einzelne Schienenstücke wollten sich in andere Bezirke ausbreiten. Die Lagerhäuser lehnten sich wie riesige prähistorische Zähne an die Brücke.

Der Fahrer fühlte sich wesentlich sicherer, als er über die Gräten des Southern Boulevard fuhr, Straße nach Straße voller Unrat. Die gesamte Bronx hätte sich vor seinen Augen in Luft auflösen können. Das wäre ihm völlig egal gewesen.

Kurz vor der Boston Road tauchten kleine Bodegas mit Wellblechwänden auf. Der Fahrer sah eine Flut von grünen Wagen. Er lächelte, als er das verordnungsgemäße Grün überblickte: Nur ein Bulle unter einer Decke würde in einem dicken grünen Schlachtschiff fahren. Konnten die Beknackten in seinem Wagen dem selben Team angehören?

»Jesus, sagt bloß, wen ihr Kerle schnappen wollt. Rauschgiftunholde, Nigger oder Voodoomänner?«

Der Ire ließ ihn vor einem armseligen Süßwarenladen anhalten. Es war eine Streichholzschachtel aus bröselndem Blech und Holz, die in die Wand eines Mietshauses mit lückenhaften Feuerleitern eingekeilt war; jeder der Leitern fehlten Quersprossen.

Ein alter Mann trat aus dem Süßwarenladen. Er trug den herkömmlichen Arbeitskittel eines Kleinkrämers. Sein üppiger Leib war gänzlich ungekämmt. Die Augenbrauen wuchsen wild aus seinem Kopf. Ein Kürschner hätte ihn um das Haar auf seinen Knöcheln und seinen Handgelenken beneidet. Der Fahrer konnte nicht glauben, daß dieser alte Mann das Gewimmel von Bullenwagen auf der Boston Road hervorgebracht haben sollte.

»Zisch ab«, sagte der Ire und stopfte dem Fahrer einen Zwanzigdollarschein in die Tasche. Der Fahrer schüttelte den Kopf. Er war in einem Niemandsland, vor einem Süßwarenladen, der zwischen Ruinen stand, umgeben von einer unwirksamen Armee von Bullen in grünen Schlitten. Er winkte dem kleinen Jerónimo zu, weil er es eilig hatte, aus der Schußlinie zu kommen. »Danke«, gurrte er Patrick Silver nach. »Danke.«

Papa Guzmann wartete, bis das Taxi fort war, ehe er Jerónimo umarmte. Er hatte darauf gebrannt, den Jungen zu berühren, seinem ältesten Sohn die Ohren zu kraulen, doch in Gegenwart von Fremden hopste er nicht um Jerónimo rum. Die Guzmanns waren ein sensibles Völkchen. Den großen *Irlandés* konnte Papa dulden. Silver arbeitete für ihn. Und Silver hatte keinen verschlagenen Geruch. Papa beurteilte Menschen mit der Nase. Beim allerersten Schnuppern konnte er ein verlogenes, sündiges Geschöpf aussondern.

Er brachte Jerónimo in den Süßwarenladen, fort von dem Smog der Boston Road. Jerónimo maunzte nach seinen Brüdern. Zwei von ihnen kamen in ihren Schlafanzügen aus dem Hinterzimmer, in dem Kojen und ein Kinderbett (für Jerónimo) standen und das als Zwischenstation für Cousins aus Peru und Taschendiebe aus Ecuador und Miami diente, denen Papas Freigebigkeit zuteil wurde. Die beiden Jungen mit den Schlafanzügen verschwanden in Jerónimos Umarmung, aber sie konnten nichts gegen sein Maunzen ausrichten. Jerónimo leckte ihnen mit klebriger Zunge die Stirn, und ungeheure, pfenniggroße Tränen näßten sein Gesicht. Mit dieser Energie hätte das Baby seine Großväter aus der Hölle auferstehen lassen können. César und Jorge fehlten. Jerónimo rief nach seinem jüngsten Bruder. »Zor-r-r-o.«

Papa konnte seinem Kind nicht helfen. Papa hatte Zorro persönlich aus dem Süßwarenladen geworfen und ins Exil geschickt. Das war Isaacs Schuld. Der Chef hatte ein schwachsinniges zwölfjähriges Mädchen aufgetrieben, das vor drei zweiten Bezirksstaatsanwälten und einem Richter aus Manhattan beeidete, César Guzmann, alias Zorro, alias der Fuchs der Boston Road, habe sie an der Port Authority aus einem Bus gekapert und sie in die Prostitution verkauft. Papa war sich über die Unrichtigkeit dieser Anklage im klaren. Kein Marrane hätte jemals eine Kuh, ein Mädchen oder ein Pferd der Sünde zugeführt. Papiere für Zorros Festnahme wurden vorbereitet. Jetzt saß Isaacs Killertrupp mit richterlichen Haftbefehlen in den Taschen auf der Boston Road. Zorro hätte es den Skalp gekostet, wenn er sich in der Nähe des Süßwarenladens hätte blicken lassen.

Jerónimo bückte sich hinter Papas Malzmilchmaschinen und hielt Ausschau nach César und Jorge. Er fuhr mit der Faust durch Ständer mit Comic-Heften, Schulbedarf, Grußkarten und pornographischen Auslagen. Papa besaß Dioramen, in denen die Abirrungen im alten Ägypten, Frauentausch unter den Eskimos, Konkubinen auf Sardinien und Bordelle in Peru zu sehen waren. Jerónimo machte sich nichts aus Pappdeckelfrauen, die aus einer welligen Landschaft lugten. Er klappte ihnen mit einer Faust die Köpfe um.

»Zor-r-r-o.«

Papa bot ihm Schokoladeneiscreme, rosa Lakritzen und einen Rest zerlaufenes Marzipan an. Jerónimo erwies solchen Lebensmitteln Verachtung. Erst als er die Wände in Papas Schlafsaal abgeklopft und seine Nase unter jedes Bett gesteckt hatte, um sich zu vergewissern, daß Zorro nicht für ihn erreichbar war, setzte er sich hin, um zu essen. Er aß einen backsteingroßen Riegel Halva, weiße Schokolade, die man nicht ohne einen Hammer brechen konnte, ein Pfund türkischen Honig und einen Eiflip, den Papa ihn mit einem halben Liter Sirup und fünf halben Litern Milch herstellte.

Nichts, was es aß oder trank, konnte das Baby müde machen. Im Süßwarenladen war er ruhelos. Papa hatte ihn fortgegeben. Jetzt lebte er mit Patrick Silver im Keller einer Synagoge. Mit den Händen auf dem Bauch schlurfte er durch den Schlafsaal, aber er konnte sich nicht mit seinem alten Kinderbett anfreunden. Er hielt seine Schläfchen in Silvers Bett ab.

Das nervöse Herumlaufen des Babys betrübte Papa. Er murmelte mit Silver, um sich von Jerónimos Entfremdung im Süßwarenladen abzulenken.

»Suchen die Bullen deine Synagoge heim, Ire?«

»Kein bißchen, Moses. Bei mir ist Jerónimo sicher.«

Papa grub einen Finger in seinen Arbeitskittel. »Isaac hat seine Spione. Könnte er nicht einen in die Gemeinde einschleusen?«

»Keine Sorge, Moses. Seit vierzig Jahren haben wir kein neues Gesicht mehr in der Schul gesehen. Außerdem kann man nicht viele Pistolen unter einem Gebetsschal verstecken.«

»Bring ihn nach Hause, Ire«, sagte Papa und sah das Baby von der Seite an. »Er ist über die Leute hier hinausgewachsen. Keiner meiner anderen Jungen ist jemals in einer jüdischen Kirche gewesen.«

»Soll ich nächste Woche mit ihm kommen?«

»Nein«, sagte Papa. »Isaacs Kinder kommen zu nah. In ein paar Tagen stehen grüne Limousinen auf meiner Theke.«

Silver verstand Papas Bitterkeit über die grünen Limousinen. Bis Isaacs »Kinder« in der Boston Road eingetroffen waren, war Papas Süßwarenladen die erfolgreichste Wettannahmestelle der östlichen Bronx gewesen. Doch jetzt war die Boston Road ausgestorben. Papas Schieber konnten ihre Lotteriescheine essen. Die grünen Wagen verfolgten sie überall. Sie konnten kein Fünfcentspiel von einem Schweinemetzger in der Charlotte Street annehmen, ohne von den Bullen belästigt zu werden. Kriminalbeamte zischten ihnen zu und pochten gegen die Scheibe des Schweinemetzgers. Die Schieber kamen mit einem Zucken in den Lidern zu Papa. Papa mußte sie gehen lassen. »Chepe, hier ist ein Fünfziger. Zier dich nicht. Hast du nicht eine Tante in New Jersey? Besuch sie eine Weile. Ich sage dir Bescheid, wenn du wieder zurückkommen sollst.«

Vater Isaac hatte den Süßwarenladen in ein Grab für Guzmanns verwandelt. Jorge war der einzige, der ein- und auskroch. Papa heftete ihm einen Einkaufszettel an sein Hemd (Jorge konnte sich die Namen der verschiedenen Haferflocken und dergleichen nicht merken) und schickte ihn in die Bodega auf der gegenüberliegenden Straßenseite. Die Bullen fürchteten sich vor Jorge. Er war der Junge, der einen Polizeibeamten aus einem Wagen holen und ihm die Kleider vom Leib schütteln konnte. Jorge konnte zudrücken wie eine Python. Das war nicht gerecht. Isaacs »Kinder« hatten ein komplettes Waffenlager in ihren Wagen. Totschläger und Knüppel wären auf Jorges Schädel zersplittert. Schrotflinten waren unangebracht. Ein Kriminalbeamter kannte seine Grenzen. Man konnte einem Mann nicht mitten auf der Boston Road eine Kugel in den Schädel jagen.

Papa ließ das Baby mit einem neuen Vorrat an Karamellen ziehen. »Jerónimo, hör auf den Iren. Er ist jetzt dein Vater. Vergiß nicht, dir den Mund zu waschen.

Wenn du dich schlecht benimmst, scheren dir die Juden den Kopf.« Das Baby küßte seine Brüder und ging mit Patrick Silver.

Patrick war nicht leicht aus der Ruhe zu bringen. Die Bullenwagen, die um seine Füße herumholperten, brachten ihn nicht dazu, sich auf den Gehweg zu verdrücken. Ein Sergeant verhöhnte Patrick und das Baby aus seinem kugelsicheren Wagen heraus. »Patrick, hör auf, Papa in den Arsch zu kriechen. Wenn du uns den Schwachkopf gibst, brauchst du nicht mehr den Sklaven für die Guzmanns zu spielen. Ich kann dir deine Knarre und dein Abzeichen versprechen.«

Patrick schlug dem Sergeanten auf die Stoßstange. »Du kannst ihn haben, aber nicht allein. Das Kerlchen geht dahin, wohin ich gehe.« Er machte die Tür auf und stieg mit Jerónimo ein; den Sergeanten stieß er auf die äußerste Kante seines Sitzes. Der Sergeant brach sein Unbehagen mit einem Lächeln.

»Ich könnte dich direkt ins Präsidium fahren, Silver. Isaac wird wissen, was mit dem Schwachkopf zu geschehen hat.«

»Isaac und ich haben denselben Rabbi. Sein Name lautet O'Roarke. Der First Dep wacht über mich. Wir waren im selben Clan. Unsere Leute stammen aus dem Königreich Limerick. O'Roarke wird dir die Finger zermalmen, wenn du mir krumm kommst. Wir fahren jetzt in die Bethune Street. Danke. Eil dich, ich komme zu spät zum Abendgebet.«

Papa war nicht blind. Er sah das Baby in einem Polizeiwagen sitzen. Silvers Nähe zur Polizei war ein Segen für Papa. Ein gewöhnlicher Gorilla hätte dem Baby nicht das Leben retten können. Papa hatte keine Wahl. Es gab nur die Synagoge oder den Süßwarenladen, und Papa setzte kein Vertrauen mehr in sich selbst. In Peru hatte er Lamascheiße gefressen und das Blut einer Bergziege getrunken, um dem Hungertod zu entgehen, doch Jerónimo konnte in der Boston Road nicht überleben. Isaac hätte ihn aus dem Süßwarenladen geholt. Papa konnte diesen Halunken nicht vom Bettchen seines Babys fernhalten, ganz gleich, wie viele Bullen die Guzmanns auch umbringen mochten.

Isaac war in diese Welt geboren worden, um Guzmanns zu quälen. Daran glaubte Papa. Nach marranischem Gesetz hat jeder Mensch seinen persönlichen Teufel. Isaac war Papas Teufel. Welche andere Erklärung konnte es dafür geben, daß ein Bulle sein Dienstabzeichen aus dem Fenster warf, um mit Geschichten über die Verbannung aus der Polizei von Manhattan in einen Süßwarenladen zu kommen und das Fleisch unter Papas Herzen anzustechen. Moses hätte ihn abweisen können. Doch er folgte den Instinkten seiner Vorfahren, den Crypto-Juden Portugals, Kämmerern und Mönchen, die einen Teufel niemals aus den Augen gelassen hätten. Es war besser, Isaac zu umarmen und die Farbe seines Urins zu riechen, ein bleiches Gelb und Blau.

Papa hätte Jorge einen Tip geben sollen; Jorge wußte, wie man die Luftröhre eines Teufels verstopfte. Nur war Papa vor Bullen auf der Hut. Vor Jahren hatte er einen Polizisten getötet und mußte aus Peru flüchten. Er wollte, daß Isaac einem natürlichen Tod erlag. Die Guzmanns waren eineinhalb Jahrhunderte lang gelehrte Giftmischer gewesen. Doch Papa brauchte keine Giftstoffe für Isaac zu züchten. Er ließ Isaac an seinem Tisch Platz nehmen und setzte ihm Schweinefleisch, Kutteln und Blutwurst vor. Kein Teufel konnte das Essen der Guzmanns überleben. Papa und seine Jungen hatten genügend Säure in sich, um einen Berg verwurmter Blutwurst zu reinigen (während Papas erstem Jahr in den Vereinigten Staaten hatte sich die Familie aus einer Mülltonne ernährt).

Isaacs Haut hatte sich verändert. Sein Schweiß wurde dunkelgrün. Seine Ohren wiesen morgens häßliche Sekrete auf. Der Chef starb Stück für Stück. Ein Fingernagel löste sich. Seine buschigen Koteletten, der Neid Manhattans, lichteten sich zu glanzlosen Strähnen. In einem Zustand ständiger Benommenheit lief er die Boston Road auf und ab. Doch Papa brachte ihn nicht dazu, umzufallen. Er entkam den Guzmanns, indem er den Süßwarenladen hinter sich ließ und wieder nach Manhattan zurückkehrte.

Von da an ging es Papa schlecht. Er hatte seine Hegemonie in der Bronx verloren. Es nutzte ihm wenig, die Bullen seines Bezirks zu bestechen. Die grünen Limousinen kamen nicht von dort. Die Nervenknoten liefen wie Marionettenfäden in Isaacs Händen im Präsidium zusammen. Er konnte von der Centre Street aus an den Guzmanns ziehen. Im Mai schloß Papa den Süßwarenladen und zog sich nach Loch Sheldrake zurück. Dort besaß er eine kleine Farm mit Obstgärten und einem ländlichen Brunnen. Doch die Nervenknoten konnten an einem Brombeerstrauch rütteln. Isaacs Fäden reichten bis Loch Sheldrake. Er brachte das FBI dazu, Papas Farm anzuzünden. Diese Schweine hätten Jerónimo entführt, wenn Papa das Baby nicht in seinem Brunnen versteckt hätte.

Jetzt verließ er sich auf Patrick Silver. Papa hatte niemand anderen. Wenn Patrick ihn im Stich ließ, würde der Teufel Isaac das Baby in den sinkenden Mörtel unter dem Präsidium werfen. In einem ungeheiligten Grab konnten Marranen nicht schlafen. Deshalb unterhielt Papa einen Friedhof in Bronxville. Ohne Marranenerde in beiden Augen würde das Baby tausend Jahre schreien. Konnte ein Vater solche Schreie überhören? Papa würde den Bezirk Manhattan wie ein Golem heimsuchen und Polizisten erschlagen, bis Isaac seinen Jungen wieder ausgrub. Ihm schauderte bei dem Gedanken an die Folgen. Manhattan wäre von Bullenblut überschwemmt. Was den Tod seiner Söhne betraf, kannte Papa kein Erbarmen.

Ein Mädchen mit grellen Kopftüchern über einem dikken Hals humpelte mit einem Blinden am Arm in den Süßwarenladen. Der Blinde hatte gelbe Backen, eine gesprungene Brille auf der Nase und einen weißen Stock, der länger und dünner als eine Angel war. Das Mädchen mit dem Kopftuch warf seine Kleider ab. Darunter kam Jorge zum Vorschein. Papa drückte sein mittleres Kind an sich. Er warf Jorges Tücher, die Röcke, die Bluse, die Schuhe und die Äpfel (als Titten gedacht) in eine Kiste unter dem Sodabehälter. Den Blinden sah er finster an.

»Zorro, du weißt, wie sehr dich Isaac bewundert. Warum bist du hierhergekommen?«

Zorro schnippte sich die Brille von der Nase und legte sein Stöckchen zur Seite. »Ich wollte meine Brüder sehen.« Er hatte für Topal und Alejandro Gummibären und purpurrote Karamellen aus Atlantic City mitgebracht.

Papa konnte seinem Jüngsten nichts vorschreiben. Der Fuchs der Boston Road mußte den Bullen ein Schnippchen schlagen und im Süßwarenladen seines Vaters vorbeischauen.

»Du hast Jerónimo verpaßt«, sagte Papa. »Um zwei Minuten.«

»Ich habe ihn gesehen«, sagte Zorro. »Hast du erwartet, daß ich vor Isaacs Wagen stehenbleibe und mich vor Jerónimo verbeuge? Wie geht es Patrick Silver?«

»Warum besuchst du ihn nicht in seiner Kirche in der Bethune Street? Dann kannst du ihn selbst fragen.«

Zorro knirschte mit den Zähnen. »Ich traue diesem irischen Schwein nicht. Er ist aus Isaacs Bauch gekrochen. Wie Coen.«

»Coen hat uns nie etwas getan. Und wohin sollten wir Jerónimo bringen, wenn wir den Iren nicht hätten?«

»Jerónimo könnte zu mir kommen.«

»Wunderbar«, sagte Papa. »Er wird mit seinem Bruder in einer Telefonzelle schlafen. Er wird sich von Hurenrotz ernähren. Du wirst seine Taschentücher im Regen waschen. Schön. Sehr schön.«

Die Malzmilch, die Zorro als Kind getrunken hatte, mußte Schäden hinterlassen haben. Er hegte immer noch Groll gegen Manfred Coen. Coen war tot. Sie waren gemeinsam im Süßwarenladen aufgewachsen, Manfred und Zorro. Sie waren Klassenkameraden. Mit Eiscreme in den Backen saßen sie ihre Hausaufgaben ab. Sie fütterten die Tauben der Boston Road. Sie puhlten Wanzen aus Jerónimos Haar. Doch dann war Coen zu Isaac gegangen und ein blauäugiger Bulle geworden und hatte sein Leben bei einem wahnwitzigen Unfall verloren. Am Ende eines Pingpongspiels hatte ihn eine Kugel an der Kehle erwischt. Patrick Silver hatte gemeinsam mit Coen Banditen gejagt. Er war einer von Coens zahlreichen Partnern gewesen, bis der Police Commissioner Patrick die Waffe weggenommen hatte.

»Zorro, der Ire liebt Jerónimo. Sag nichts gegen ihn. Wo ist Cousin Isidoro?«

»Er ist in Sicherheit, Papa. Unsere Freunde haben Isidoro aus Atlantic City geholt.«

»Hast du Totenkläger für ihn besorgt? Ich will nicht, daß mein Cousin ohne Segen bleibt.«

Zorro war wieder der Blinde. Er setzte seine gesprungene Brille auf und nahm den schmalen weißen Stock. »Papa, würde ich auf Isidoro spucken? Ich habe deinem Cousin mehr Segen zukommen lassen, als er verdient hat. Es hat mich hundert Scheine gekostet, einen Kantor zu finden, der für ihn beten wollte.«

Der Fuchs küßte Jorge, Alejandro und Topal, murmelte eine Verabschiedung und ging, mit seinem Stock tastend, zur Tür.

»Sei vorsichtig, Zorro«, sagte Papa. »Die dunkle Brille heißt gar nichts. Polizeiwagen überfahren auch Blinde.«

Zorro winkte nicht. Er machte die Schultern krumm, schnupperte prüfend und trat in den Rinnstein der Boston Road.

5

Die Gemeinde Limerick hat ihren Sitz in der Bethune Street zwischen einer chinesischen Wäscherei und einem Krankenhaus für Katzen und Hunde. Niemand kann sich an ihren richtigen Namen erinnern. In den Imbissen und Bars um den Abingdon Square kennt man sie als die irische Synagoge oder als Patrick Silvers Schul. Es ist ein bröselnder Sandsteinbau mit Buntglasfenstern und Pappdeckelstücken in den Scheiben und mit einer Markise, die 1930 extravagant war und heute ein häßlicher Fetzen Stoff ist. Diese Schul ist elend dran. Sie existiert ohne Präsidenten oder sonstige Leitung (die Kirchenältesten der Synagoge, ein invalider Haufen von Junggesellen und Witwern, besitzen nicht die Energie, sie zu leiten). Sie ist keiner anderen Gemeinde auf Erden angeschlossen. Sie pflegt keine Kontakte mit dem Chefrabbi von Dublin oder den alten Synagogen von Cork. Kein Rabbinerrat der Vereinigten Staaten kann sich auf Bande mit der irischen Synagoge in der Bethune Street berufen. Ihr ist auch kein Frauenverband angeschlossen, der in Greenwich Village Wohltätigkeitsveranstaltungen organisiert und Buntglasstücke aufzustöbern versucht, die in den Scheiben fehlen. Sie kann sich das Honorar für einen Kantor nicht leisten; niemand kommt hierher, um den Singsang für die Toten anzustimmen.

Die Bethune Street hat einen Rabbi, Hughie Prince, einen schmallippigen Mann, der nie ordiniert worden ist. Fragen Sie ihn, wo er studiert hat. Hughie war auf keinem Rabbiner-College. Die Kirchenältesten haben ihn ausgewählt, weil er der einzige unter ihnen war, der mal was von der Mischna und der Gemara gehört hatte.

Hughie lehrte in der irischen Synagoge den Talmud, wobei er seine Erläuterungen zu den Gesetzen der Diaspora und ihre Anwendung bei den Juden von Limerick auf wöchentlich fünf bis sechs Sätze beschränkte. Er lebt davon, daß er Glas schneidet, und man findet ihn nur morgens und abends in der Synagoge vor. Die meiste Zeit verbringt Hughie auswärts mit dem Reparieren von Fenstern; man muß die Hudson Street auf und ab laufen und »Rabbi Hughie Prince« schreien, wenn man seine Religion braucht.

Patrick Silver leitet die Schul. Er ist der unbezahlte »Büttel«. Er läßt nicht zu, daß besoffene Iren in den Lesesaal pissen. Er füttert die Armen durch (nichtjüdische und jüdische Bettler können in der winzigen Küche der Schul jederzeit ein belegtes Brot von Patrick Silver bekommen). Er schlichtet Streitigkeiten zwischen Gemeindemitgliedern, indem er beide Parteien ins linke Ohr zwickt. Er geht auf die Straße, um Leute für Rabbi Prince zusammenzutrommeln (ohne Patricks Minjens hätte die Schul das Beten längst vergessen). Er läuft mit einem Besen durch die Schul, erschlägt Moskitos an der Wand, scheucht Ratten aus den feuchten Kellerlöchern, schlägt jedem tückischen Nagel in den Kirchensitzen den Kopf ab, der einem arglosen Witwer die Hose zerreißen könnte, hält nach schwachen Stellen in der krummen Decke der Kapelle Ausschau, damit die Synagoge nicht auf Hughie und die geheiligten Schriftrollen fällt, klopft den Schmutz von der Unterseite der Markise, verscheucht Einbrecher und Geldeintreiber und kehrt gelegentlich den Fußboden.

Selbst, als Patrick Silver seine Polizeiwaffe noch hatte, wohnte er in der Schul. Mit Guinness-Flaschen im Hemd schlurfte er von der Bethune Street zum Büro des First Deputy. Ein Großteil seines Gehalts floß in die Schul. Die

Gemeinde Limerick war eine Brandfalle und die Notausgänge fehlten. Inspektoren des Aufsichtsamts erhielten ihren monatlichen »Zehnten« von der Schul und sahen über das Poltern in den Mauern hinweg.

Dann hatte man Patrick seine Waffe abgenommen. Wenige Tage nach seinem Ausscheiden aus dem Polizeidienst waren Männer von der Baubehörde mit Taschenlampen gekommen und hatten über den Schlamm im Keller und über die Ratten geklagt, die in den Leitungen hausten. Patrick brauchte eine neue Einnahmequelle. Er hatte nichts weiter zu verkaufen als seine Muskeln. Kein Weißer würde ihn engagieren. Die Gangsterfamilien der Mulberry Street mißtrauten Patrick Silver. Der Stammbaum eines irischen Juden war ihnen unbegreiflich. Sie nahmen an, einer der höchsten Kommissare habe ihn noch am Gängelband.

Patrick mußte nach Harlem gehen und Leibwächter bei einer schwarzen Wettstelle werden. Dieser Niggerladen begeisterte sich für die Idee, einen Riesen mit einer Jarmulke in der Tasche für sich arbeiten zu lassen. Patricks Unterhemd wurde in der St. Nicholas Avenue schnell zum vertrauten Zubehör. Die Buchmacher schlossen ihn ins Herz. Sie machten ihn mit der Gemeinde einer abessinischen Schul am Mt. Morris Park bekannt. In dieser Schul wurde jedes Gemeindemitglied als Rabbi angesehen. Patrick las mit den schwarzen Rabbis die Thora und diskutierte die Gesetze Moses' mit ihnen. Die Rabbis hatten ihre eigene Schöpfungsgeschichte. Jakob war weiß, sagten die Rabbis. Aber Moses und Esau waren Abessinier. »Rabbi Silver, du bist so schwarz wie wir alle.«

Patrick konnte weder zustimmen noch widersprechen. Behaupteten nicht manche Iren, daß St. Munchin, der erste Bischof von Limerick, mit einer Kolonie von leprakranken Juden aus Afrika zurückgekehrt sei?

Patrick konnte seinen Standort in Harlem nicht halten. Die Niggerwettstelle mußte ihn gehen lassen. Die Bullen schlugen in der Siebten Avenue zu. Schieber wurden von der Straße verdrängt. »Scheiße«, sagten die Buchmacher zu Patrick. »Jemand hat was gegen dich, Ire. Wir können uns dich nicht mehr leisten.« Sie ließen Patrick nicht ohne Stellung sitzen. Sie reichten ihn an die Guzmanns weiter. So hatte Patrick Jerónimo geerbt. Doch der Junge brachte als Aussteuer viele Übel mit sich. Am Morgen nach Patricks Rückkehr aus der Boston Road fiel ein Trupp von Isaacs »Kindern« über die Schul her. Neun blauäugige Bullen stürmten in Patricks Zimmer und ertappten ihn schlafend mit dem Baby im Bett (im Keller fand nur ein Bett Platz). Patrick griff mit abstehendem Schwanz nach seinem Knüttel. In der Synagoge trug er nie einen Schlafanzug. Jerónimo blieb unter Patricks Decke liegen; sein Gesicht war naß von der Anstrengung, die ein vierzehnstündiger Schlaf bedeutete (er hatte von seinem Bruder Zorro geträumt). Sämtliche blauäugigen Bullen hielten Dienstwaffen in der Hand. Sie hielten respektvollen Abstand zu Patricks riesigem Besenstiel. Ihr Wortführer, ein Detective-Lieutenant mit blondem Schnurrbart, dröhnte los.

»St. Patrick, wir sind nicht gekommen, um dir Böses zu tun. Preise den Herrn, wir kommen in friedlicher Mission. Der First Dep liegt im Krankenhaus. Er hat mitten in der Nacht einen Blutsturz gehabt. Ich habe ihn nicht gesehen, aber ich habe gehört, daß das Blut in Strömen aus seinem Hals geflossen ist. Im Moment ist ein Priester bei ihm. Der Pater erteilt dem alten Ned die Letzte Ölung; gleichzeitig wird er mit frischem Blut vollgepumpt. Isaac will nicht, daß er ohne einen Blick in dein Gesicht stirbt. Mach uns also keinen Ärger, St. Patrick. Wir bringen dich so oder so ins Krankenhaus.«

Patrick stützte sein Kinn auf den Besen. »Isaac flattert wohl, wenn er neun von euch Affen schickt.«

»Er ist konservativ«, sagte der Schnurrbart (Lieutenant Scanlan) mit einem Blick auf Jerónimo. »Er weiß, wie wild sich ein jüdischer Heiliger gebärden kann. Isaac glaubt an Zahlen. Er war der Meinung, daß neun von uns ausreichen, um dich zu entmutigen. St. Patrick, müssen wir deine kleine Kirche einreißen?«

»Steckt eure Waffen weg. Sie stinken nach Metall. Und macht die Augen zu. Jerónimo und ich müssen uns anziehen.«

Isaacs »Kinder« dachten nicht daran, die Waffen wegzustecken oder die Augen zu schließen; sie starrten Jerónimos Eier an, als sich das Baby aus dem Bett wälzte. Das Baby stieg in eine Unterhose, die ihm bis auf die Knie reichte. Er trug lieber Pullover als ein Hemd, und seine Hosen hingen im Sitz runter. Er zog sich Ohrenschützer aus der Tasche und wand die Bänder um seine Ellbogen. Patrick mußte ihm die Schuhe zubinden.

Die Bullen kicherten über die beiden Grauköpfigen und wollten sie gleich aus der Synagoge führen. »Nicht so eilig«, knurrte Patrick. »Das hier ist kein Lunapark. Scanlan, du wirst mir zwei deiner hübschen Knaben ausleihen müssen. Sie werden eine halbe Stunde lang gute Juden sein. Isaac wird nichts dagegen einwenden. Ich gehe nicht, ehe ich zehn lebende Kunden finde.«

Er bahnte sich einen Weg durch die Kriminalbeamten und bezog in der Tür Posten. Sechs alte Männer standen in den Korridoren. Als treue Anhänger der Gemeinde trieben sie sich ständig in der Bethune Street rum und bildeten den harten Kern von Patricks Minjens. Sie trugen ihre Gebetsschals in weichen Samttaschen bei sich, diese Freunde von Patricks verstorbenem Vater. Patrick rief durch die Korridore. »Wo ist Hughie?«

Die alten Männer sahen ihn achselzuckend an. »Hughie scheißt gerade, oder er schneidet Glas.«

Doch Hughie kam. Er beugte sich schon so lange über Glas, daß sein Rücken gekrümmt war, und sein Schneidewerkzeug hatte seine Finger eingekerbt. Er wollte nicht die traditionelle Pelzmütze (mit Zöpfen) tragen, die die Rabbis und weisen Männer Osteuropas kennzeichnete. Er hatte auch keine Jarmulke mit Goldfäden, um sich gegen die gewöhnlichen Massen abzusetzen. Er trug eine schlichte Mütze mit fadenscheinigen Rändern, die oben immer eingebeult war, weil eine Schutzbrille darauf saß, damit ihm keine Glassplitter in die Augen kommen konnten. Hughie wollte seine Brille in der Schul nicht absetzen. Er sah keinen Widerspruch zwischen der Thora und seinem Gewerbe. Nach Hughies Ansicht konnte man nicht ein guter Rabbi und ein schlechter Glaser sein. Er schnitt Glas mit den Fingern von Benjamin, Jakob und Elias auf dem Handgelenk.

Hughie starrte die Kriminalbeamten und ihr Waffenarsenal an. »Patrick, jag sie davon! Die haben in einer Synagoge nichts zu suchen.«

»Keine Sorge, Rabbi. Ich habe ein paar dieser Kerlchen eingeladen, mit dir zu beten.«

Drei Beamte blieben zurück. Sie gingen mit Hughie und den sechs alten Männern der Schul die Treppe hinauf. Sie mußten an der Küche vorbeigehen, am Lesesaal, an den Toiletten und am Winterzimmer (das von November bis März für Bettler offenstand), ehe sie die Kapelle erreichten. Die Polizeibeamten wieherten über die Verhältnisse bei diesen Juden aus Limerick, die auf einem Misthaufen beteten. Es war die abscheulichste Kirche, über die sie je gestolpert waren. Die Kirchensitze waren wie eine Reihe von Bischöfen in zerlumpten Kleidern in eine Ecke geschoben worden; die Teppiche vor den Stühlen hatten Furchen, in denen eine Jarmulke oder eine Maus verschwinden konnte. Die Empore für die Frauen, zwei knorrige Holzbalkone über den Köpfen der Bullen, war sämtlicher Bänke beraubt worden, da keine Frauen mehr in die Synagoge kamen.

Die Kapelle selbst war völlig verfallen. Die Einrichtung wirkte unsinnig: Seidenlappen auf einem kaputten Schrank, ein Podest mit wackligem Geländer, ein Stuhl, der an die Wand genagelt war. Sie fragten Hughie nach der eigentümlichen Neigung im Polster des Stuhls.

»Rabbi, werft ihr eure Sünder in dieses Loch?«

»Das ist der Stuhl des Elia. Er ist nach Norden gerichtet, nach Jerusalem, nach Bagdad und zur Irischen See. Das ist der Pfad, den Elia wählt, wenn er auf die Welt herabsteigt. Wenn er das nächste Mal vom Himmel herabsteigt, wird er unter uns weilen.«

Isaacs drei Kinder konnten die Leichtgläubigkeit der irischen Juden nicht fassen. Esel aus Limerick. (Scanlan, ihr Boß, kam von der Donegalbai.) Limerick war schon immer Irlands Brutstätte für Idioten gewesen.

Die Juden teilten jetzt Gebetsschals aus, und die Kriminalbeamten wurden genötigt, ihre Köpfe in riesigen Leinenschals mit breiten Streifen und primitiven Quasten zu begraben, die nichts weiter als zusammengeknotete Längsfäden waren. Die Kriminalbeamten wurden gemeinsam mit Hughie und den sechs alten Männern auf den Betstand berufen (das erbärmliche Podest in der Mitte des Raumes). Sie standen auf der unteren Stufe, in Patricks Minjen eingefangen. Sie hörten Laute, die das Leinen auf ihren Köpfen gefrieren ließen. Das Minjen brüllte und ächzte wie eine Herde kranker Kühe. Die Kriminalbeamten hätten lieber unter Rastafaris oder mit Anhängern eines anderen Wahnsinnskultes gebetet, als in die Drapierungen eines Gebetsschals zu geraten.

Die irische Synagoge lag nur drei Straßenecken vom Krankenhaus St. Vincent entfernt, doch der Lieutenant hatte seinen gesamten Wagenpark mitgebracht. Er konnte Silver und den beknackten Jerónimo nicht mit einer Pistole im Rücken über den Abingdon Square abführen. Silver galt in der Bethune Street praktisch als Heiliger. Idioten wären aus den Bars gestürzt, um ihn aus Scanlans Klauen zu retten; Scanlan würde sich dann vor einer städtischen Behörde dafür verantworten müssen, einen Vertreter der Kirche entführt zu haben. Deshalb konnte Scanlan den Transport nicht zu Fuß ausführen. Er hatte die Guzmanns satt. Seit Juni war er in die Bronx verbannt worden und fuhr die Boston Road auf und ab wie ein Mississippilotse. Man konnte in einem Schlagloch auf Grund auflaufen und in einem morschen Kanaldeckel verschwinden. Bei einem Bronx-Kommando konnte man sich seines Lebens nicht sicher sein. Er wäre Jerónimo liebend gern losgeworden, damit es in New York einen Guzmann weniger gab, aber mit Patrick Silver im Wagen konnte er dem Baby nichts anhaben.

»Sollten wir nicht auf ein kleines Eis anhalten, St. Patrick? Ohne dieses klebrige Schokoladenzeug wird Jerónimo den Vormittag nicht überleben.«

Silver reagierte nicht. Er preßte seine Knie gegen die Tür und dachte an Commissioner Ned. Er war kein totaler Ignorant. Von der Synagoge oder von den Kings of Munster aus hätte er zum Präsidium gehen und O'Roarke besuchen können. Er hatte den Weg nicht vergessen. Nur wollten ihn seine Beine einfach nicht hintragen. Der First Dep hatte eine halbe Etage für sich. Patrick fürchtete diese Räume. Mehr als zehn Jahre war er dort großgezogen worden.

Patrick war der verrückte Bulle der Centre Street, ein Typ aus Limerick mit einer Jarmulke, der einzige Jidd, der der Shillelagh Society (einer Bruderschaft irischer Polizeibeamter) angehörte. Er machte Krawall mit den Shillelaghs, hurte mit ihnen, traf sie bei Hochzeiten, Totenwachen und gesellschaftlichen Anlässen, doch Patrick ging nicht mit seinen Brüdern zur Messe und machte auch die Exerzitien nicht mit. Er pißte in eine Flasche im Präsidium. Er schlummerte mit einer Jarmulke über den Augen. Er verschwand während eines Polizeieinsatzes, um die Opfer für die Morgen- und die Abendgebete zu schnappen. Niemand außer Patrick besaß einen Schlüssel für die Schul. Vorgesetzte konnten ihn nicht für seine Fehltritte bestrafen. Kommissare waren gezwungen, ihn anzulächeln. Patrick Silver hatte den größten Rabbi auf Erden: First Deputy O'Roarke.

O'Roarke war ein entfernter Cousin des katholischen Geistlichen, der im Jahre 1906 alle Juden aus Limerick geworfen hatte. Er teilte den Glauben seines toten Cousins an die jüdischen Teufel nicht. Seine Liebe zu den Iren war schlicht und ursprünglich und konnte jede Kirche dulden. Er kannte die Familiennamen der Mitglieder von Patricks Gemeinde. Er disputierte mit Hughie Prince in der irischen Synagoge oder in Hughies Laden über Fragen, die den Messias, Golems und den Antichristen betrafen. Er hatte mit den Juden von Limerick in der Kapelle gesessen. In seiner Schreibtischschublade lag ein Käppchen. Er hing abgöttisch an Patrick Silver und hielt alles Übel von ihm fern. Allerdings war Patrick ein mieser Diplomat. Die Schul strapazierte ihn und machte ihn blind für die kleinen Kriege im Präsidium, die Ränke der rivalisierenden Kommissare. Ein gesunder, energischer O'Roarke ermöglichte es Patrick, die verschiedenen irischen Chefs zu umgehen, ohne Ärger zu bekommen. Seit der First Deputy auf seinem Stuhl vor sich hin starb, legten die Chefs ihre Schüchternheit gegenüber dem Jungen mit der Jarmulka ab. Sie zwickten ihn in die Eier. Sie versteckten seine Pißflasche. Patrick achtete nicht darauf. Er trommelte seine Minjens zusammen und kümmerte sich um die Schul.

Das Guinness war sein Untergang. Eines Nachmittags ließ er sich in den Kings of Munster ganz gräßlich vollaufen. Er legte sich mit Innistree Rebellen an, nachdem sie den Shannon River beleidigt hatten. Patrick vergaß, dem Barmann seine Waffe auszuhändigen. Die Rebellen beraubten ihn seines Pistolenhalfters und schossen das Inventar der Kings of Munster kurz und klein. Die Schießerei konnte nicht vertuscht werden. Patrick wurde zur Waffenausgabestelle des Präsidiums zitiert. Die Chefs, die im Komitee saßen, klagten ihn an, ein Suffkopf zu sein, der nicht auf seine Dienstwaffe aufpassen konnte. Sie stellten ihn vor die Wahl, zurückzutreten oder in den Innendienst zu gehen.

Lieutenant Scanlan riß Patrick durch einen Rippenstoß aus seinen Träumereien. »Wir sind da, St. Patrick. Du solltest Jerónimo lieber an der Hand nehmen, Kinder werden ohne Väter nicht ins Krankenhaus gelassen.«

Patrick stieg aus dem Wagen aus, und Jerónimo klammerte sich an sein Unterhemd. Das Baby war noch nie in einem Krankenhaus gewesen und ängstigte sich zu Tode. Seine Faust grub sich tief in Patricks Hemd. Das Wetter war umgeschlagen. Es nieselte jetzt. Mit seinem grauen Kopf unter Patricks Arm stieg das Baby die Stufen zum St. Vincent-Krankenhaus hinauf, und die sechs Kriminalbeamten, die sich hinter ihnen drängten, kamen sich vor, als seien sie in Gesellschaft von Zwillingen mittleren Alters.

Auf dem oberen Treppenabsatz stand der nächste Kriminalbeamte, fetter und häßlicher als der Rest von Isaacs blauäugigem Trupp. Er war aus dem Krankenhaus getreten, um Patrick Silver zu begrüßen. »Hau ab, du mieser Sack.«

»Sei nett«, sagte Patrick zu Brodsky, Isaacs Chauffeur und Laufburschen. »Sonst verdirbst du den Kleinen. Er ist es nicht gewöhnt, daß Bullen fluchen. Er schläft in einer Synagoge. Er betet mit mir.«

»Dann bring ihm bei, wie er um dein Leben betet.«

»Brodsky, du hast was in die falsche Kehle gekriegt. Isaac hat uns holen lassen. Ich soll Commissioner Ned besuchen.«

»Es ist ein Jammer, Silver. Dein Timing war immer mies. Der große O'Roarke ist vor einer halben Stunde gestorben.«

Patrick schwankte auf den Stufen und rutschte fast auf seinen Socken aus. Das Baby wäre beinah umgekippt. Jerónimo klammerte sich mit beiden Händen an Patrick, und seine Ohren wurden feucht.

»Vor einer halben Stunde gestorben?« murmelte Patrick durch die Zähne. »Dann werde ich eben dem Leichnam meine Aufwartung machen.«

»Nichts drin«, sagte Brodsky. »Isaac braucht dich nicht mehr. Er hat gesagt, ich soll dir die Tür vor der Nase zuschlagen.«

»Brodsky, reiz mich nicht. Ich kann jede Tür einschlagen. Ich komme zu Commissioner Ned durch.«

Brodsky grinste von seiner überlegenen Stellung auf einer höheren Stufe herunter. »Silver, dein Beschützer ist in einer anderen Welt. Und jetzt geh. Ohne den alten Ned wirst du dich nicht mehr lange auf deinen eigenen Füßen bewegen können.«

Patrick stürmte die Treppe hinauf. Er hätte sich auf Brodsky werfen und die Tür einrennen können, aber Jerónimo mitzuschleifen, war beim Angriff hinderlich. Die sechs Kriminalbeamten hielten ihn an der Hose fest und warfen ihn die Treppe hinunter. Patrick rollte mit Jerónimo quer über der Brust auf den Bordstein. Scanlan stand über ihm. »St. Patrick, warum sitzt du im Regen?«

Ein Knurren drang aus Patricks Kehle. Er rührte sich nicht. Ganz allmählich ließ sich Jerónimo von seiner Brust gleiten. Das Baby war nicht blöd. Er konnte naß von trocken unterscheiden. Jerónimo setzte seine Ohrenschützer auf. Patricks Knurren nahm vertraute Formen an. »Kriecht Isaac doch alle in den Arsch.« Dann stand er auf und humpelte mit Jerónimo zur Schul.

6

Während der fünf Tage, die es dauerte, bis Commissioner Ned begraben war, ruhte das Präsidium im tiefsten Schlummer. Alle Aktivitäten lagen brach. Deputy Inspectors trugen Trauerflor an den Mänteln. Die irischen Chefs wachten neben dem Sarg des alten Ned. Der PC blieb hinter verschlossenen Türen und wollte keine Vollmachten erteilen. Solange O'Roarke nicht unter der Erde war, ging nichts weiter.

Für Pimloe war die Lage schwierig. Er konnte O'Roarkes Stuhl nicht vor dem Begräbnis besteigen. Der alte Ned fing an, in seiner Kiste herumzurollen. Der Leichnam wies mit einem Finger auf Cowboy Rosenblatt, Pimloes wichtigsten Verbündeten. Das Büro des First Deputy war die einzige Ecke des Präsidiums, die nicht vom Schlaf befallen wurde; O'Roarkes Spionageeinheit hatte die Information erhalten, daß Cowboy Bestechungsgelder von einer Restaurantkette in Brooklyn annahm. Diese Neuigkeit sickerte durch. Der PC mußte etwas unternehmen. Er suspendierte seinen Chief of Detectives vom Dienst.

Cowboy schrie in seinen Büroräumen herum. »Isaac hat mich reingelegt. Er war es. Ich schwöre bei Gott, daß ich nie einen Cent gestohlen habe.« Sein Zorn brachte ihm nichts ein. Ihm unterstanden keine dreitausend Kriminalbeamten mehr. Die irischen Chefs mieden Cowboys Büro. Sie sagten vor seiner Tür Ave Marias auf. Sie konnten nicht an den alten Ned denken, ohne sich zu bekreuzigen. Ihnen fröstelte in der ersten Augustwoche. Ihre Münder wurden grau. Sie waren überzeugt, daß Commissioner Ned den Heiligen Geist auf seiner Seite hatte. Wie sonst hätte ein Toter einen Chief of Detectives anklagen können?

Für Herbert Pimloe kam es zu keiner feierlichen Amtseinsetzung. Die Kommissare konnten keinen Bullen salben, der von einem Dieb wie Cowboy Rosenblatt unterstützt wurde. Pimloe erschien ihnen jetzt verabscheuungswürdig. Doch die Kommissare gerieten in Panik. Ohne einen First Dep war das Präsidium nicht funktionsfähig. Sie zermarterten sich die Köpfe nach einem Kandidaten. Sie sahen immer wieder nur Isaacs Gesicht vor sich. Er war nach wie vor ein gezeichneter Mann, rücksichtslos, besessen und mit einem Bandwurm und Malen auf der Stirn gestraft. Daher gaben sie ihm nur den halben Segen. Die feierliche Ernennung blieb aus. Sie konnten ihn von einem Moment zum nächsten fallenlassen. Er wurde zum Amtierenden First Deputy Commissioner ernannt.

Diese Geringschätzung seiner Integrität machte Isaac dem Tapferen nichts aus. Seine Gedanken drehten sich nur um die Guzmanns. Doch er konnte nicht jeden Gratulanten aus seinem neuen Büro verjagen. Große und kleine Bullen kamen, um First Deputy Sidel die Hand zu schütteln. Die irischen Chefs wünschten ihm eine lange, lange Amtsdauer (ein First Deputy konnte ihnen Schaden zufügen). Newgate, der FBI-Mann, der Isaac anbetete, sah den Anbruch eines Zeitalters der Zusammenarbeit zwischen seinem Büro und dem höchsten Kommissariat vor seinem geistigen Auge. Der FBI-Mann hatte Isaac unter Aufbietung all seiner Mittel geholfen, die Guzmanns aus Loch Sheldrake zu vertreiben. Newgate hatte die Razzia auf Papas Farm, bei der Jerónimo fast gefangengenommen wurde, persönlich angeführt. Isaac stand in seiner Schuld. Er gestattete dem FBI-Mann, mit seinem Kissen neben den Stuhl des First Deputy zu ziehen.

Pimloe sprach als letzter bei Isaac vor. Seit gestern war er zusehends verlottert, ein Bulle, der in seiner Hose schlief. Er näherte sich dem Stuhl des First Deputy mit jämmerlichem Gesicht. »Keine Sorge, Isaac. Ich steige aus.«

Isaac wollte ihn nicht gehen lassen. Ihm gefiel es, wenn ein Junge, der in Harvard gewesen war, für ihn hopste. »Herbert, ich mache dich zu meinem Prügelknaben Nummer eins.«

Isaac gelüstete es nicht nach O'Roarkes Stuhl. Er hatte nicht die Absicht, im Präsidium zu wüten. Er würde Pimloe dazu abordern, in den Polizeirevieren zu spionieren und kleine Gelegenheitsdiebe als Spitzel zu gewinnen. Isaac hing die Polizeiarbeit zum Hals raus. Die Bronx hatte ihn vom herkömmlichen Ehrgeiz kuriert. Er hatte das Abzeichen eines Kommissars mit den goldenen Zakken angenommen, weil es eine ausgezeichnete Tarnung war. Der First Deputy konnte Papas Süßwarenladen verschlingen. Isaac konnte nicht lachen, er konnte nicht ohne Rizinusöl scheißen, und er konnte keine Frau umarmen, ehe die Guzmanns vor ihm kapitulierten.

Das Zuchthaus schickte einen Captain, der Glückwünsche vom Büro des Generalinspektors überbrachte. Er hieß Brummel. An seiner Brust steckte eine kleinkalibrige Waffe.

»Was ist mit Ernesto Parra passiert – dem Lippenstift-Freak?«

Captain Brummel legte einen gigantischen Ordner auf den Tisch. Er ging die Seiten mit angefeuchtetem Finger durch und zog einen Stapel Papier heraus, der so dick wie ein Brotlaib war.

»Brummel, ich habe Sie nicht um Unterlagen über den Zeitraum seit Bestehen des Gefängnisses gebeten. Wo steckt der Freak?«

»Er hat sich vor vier Monaten aufgehängt«, sagte Captain Brummel und spielte mit den Klammern seines Hefters herum.

»Und so was versteckt ihr in einem Meter Papier?«

»Das war eine kleine Nachlässigkeit, Isaac, sonst nichts. Ein Büroangestellter hat die Akte verlegt.«

»Klar. Brummel, grüßen Sie den Generalinspektor von mir und machen Sie, daß Sie hier rauskommen.«

Isaac war nicht ungehalten. Ernestos Tod stützte seine Anklage gegen Jerónimo. Sollte doch das gesamte Präsidium schreien: Isaac, du schikanierst das Baby! Das Präsidium irrte sich. Isaac wußte einfach, daß Jerónimo der Freak war. Er spürte es in den Knochen. Kleine Jungen starben jeweils dort auf Dächern, wo Papas Baby sich gerade aufhielt. Der arme Ernesto war Cowboy Rosenblatts Gier zum Opfer gefallen, ungelöste Kriminalfälle zum Abschluß zu bringen. Der Puppenmacher konnte kaum ein Wort Englisch. Ein Team von der Mordkommission hatte ihn durch ständiges Nicken und Zwinkern zu einem Geständnis ermuntert. Cowboy zeigte in allen lokalen Fernsehstationen die verschrammten Schnitzmesser eines Puppenmachers vor. Das sind die Mordwaffen, sagte Cowboy. Er führte vor, wie man mit einem Schnitzmesser einen kleinen Jungen in Stücke schneiden kann. Isaac war zu der Zeit in der Boston Road und arbeitete für die Guzmanns; er konnte sich nicht zwischen Cowboy und den Puppenmacher zwängen. Ernesto war im Zuchthaus gestorben. Der Amtierende First Dep riß sich von seinen sämtlichen Bewunderern los. Er verließ das Präsidium ohne ein Geleit, das ihm auf dem Fuß folgte. Zwei verbeulte Chevrolets erwarteten ihn hinter der Cortlandt Alley. Es waren keine gewöhnlichen Limousinen aus einer Polizeigarage. Sie gehörten zum privaten Fuhrpark des First Dep. Diese

Wagen fuhren durch die Stadt und behielten das ganze Jahr über ihr häßliches Grün. Sie waren sommers wie winters nie in der Garage.

Isaac fuhr in die Bronx. Er nahm seinen Chauffeur nicht mit. Brodsky war ihm eine Art langjährige Ehefrau geworden. Seine Gegenwart erinnerte Isaac an seine Zeiten als Geißel Manhattans. Die Guzmanns hatten Isaacs Gedächtnis abgeschlachtet. Er konnte nur noch von Süßwarenläden und weißer Schokolade und von Jerónimos Lockenkopf träumen.

Ein junger Detective-Lieutenant mit blondem Schnurrbart saß vorn im Chevrolet. Er besaß einen gnadenlosen Blick für Einzelheiten, dieser Lieutenant Scanlan. Er konnte sich an die Routen erinnern, die Jorge Guzmann einschlug, wenn er die Boston Road überquerte, oder daran, was Alejandro am letzten Freitag getragen hatte; die Farbe eines Eiscremesodas konnte er auf dreißig Meter erkennen. Er kutschierte Isaac heute.

»Scanlan, kurbel dein Fenster hoch. Ich will nicht, daß die Leute neugierig werden.«

Der Chevrolet war dreckig genug, um Isaacs Gesicht zu verbergen. Bei geschlossenen Fenstern wurde die Luft schlecht. Das Klima im Wageninnern ließ Scanlans Augen tränen. Der Chevrolet heizte sich auf fünfzig Grad auf. In einem blendend heißen Sturm gefangen, fuhr Scanlan einfach nach Intuition. »Muttergottes«, sagte er zu sich selbst. Isaac störte sich nicht an einem kochendheißen Wagen. Für Dampfbäder hatte er schon immer etwas übrig gehabt.

Die beiden Chevrolets kamen in der Boston Road an. Sie taten sich nicht mit dem Rest von Isaacs Flotte zusammen. Der First Dep zog seine anderen Limousinen von der Straße ab. Er wollte Scanlan nicht in die Nähe des Süßwarenladens fahren lassen. Die Chevrolets hielten sich außer Sichtweite. Isaac schlummerte mit Falten in der Stirn. Er wußte, daß Jorge aus dem Süßwarenladen kommen mußte. Die Boston Road war einst ganz und gar Papas Herrschaftsbereich gewesen. Jetzt war sein Territorium auf die Ausmaße eines Süßwarenladens geschrumpft. Er mußte Jorge zweimal täglich losschicken, um zu beweisen, daß die Guzmanns noch am Leben waren. Jorge ließ sich von Polizeibeamten in einem Auto nicht einschüchtern. Er war Papas mittleres Kind. Seine Finger setzten an wie ein Nußknacker, wenn er einen im Griff hatte. Er konnte einem Mann den Kiefer aus dem Kopf reißen. Doch Jorge war ein lieber Goliath. Er hätte niemals Ladeninhaber, kleine Kinder und alte Frauen erschreckt. Im spanischen Lebensmittelladen kraulte er Katzen, auch, wenn sie ihre Krallen ausstreckten. Solange man die Territorien seines Vaters nicht bedrohte, hätte Jorge einem niemals böse gewollt.

Scanlan traute sich nicht, den First Deputy Commissioner von New York anzuschubsen. Er beugte sich über die Lehne, um ein paar Worte zu murmeln. »Papas Vieh«, sagte er. »Jorge läuft frei herum.« Die Falten wichen aus Isaacs Stirn. Er erwachte mit einem schwachen Lächeln. Isaac hatte gelernt, die Jungs voneinander zu unterscheiden, ihre schwachen Stellen und ihre besonderen Angewohnheiten zu erkennen. Alejandro spielte im Bett mit seinem Schwanz. Jerónimo konnte große Mengen weiße Schokolade in sich reinfressen, wogegen ihn ein Riegel dunkle Schokolade außer Gefecht setzte. Topals Daumen waren zart und mädchenhaft. Jorge hatte dürre Beine.

Die Chevrolets fuhren langsam durch die Boston Road. Sie folgten Jorge fast eine Kreuzung weit. Papas Junge hatte sich etwas eingeprägt. Er sprang von einem Laternenpfahl zum anderen, ohne den Randstein zu verlassen. Isaac konnte keinen Guzmann fangen, der Laternenpfähle umarmte. Er sah Scanlan finster an. »Es sieht aus, als würde Jorge auf seiner Straßenseite bleiben.«

»Er wird über die Straße gehen«, sagte Scanlan, der sich in seinen Sitz kauerte. »Noch sechs Laternenpfähle.«

Jorge hielt sich an den Verlauf des Bordsteins. Scanlan zweifelte allmählich an sich selbst. Sollte er Isaac um Erlaubnis bitten, auf dem Bürgersteig hinter Jorge herzulaufen? Isaac hätte nein gesagt. Während Scanlan daran verzweifelte, Jorge im Rinnstein zu schnappen, verließ Jorge den Bürgersteig. Scanlan gab dem zweiten Chevrolet ein Zeichen, der sich daraufhin vor Jorge querstellte. Jetzt hatten sie ihn zwischen einem Sandwich eingekeilt.

Stoßstangen und grüne Wagen drangen nicht zu Jorge vor. Er dachte an das Kleingeld in seiner Tasche, milchige Fünf- und Zehncentstücke. Er mußte weiße Rüben für seine Brüder kaufen. Papa würde Jorge zusammenstauchen, wenn er sich von dem Mann in der Bodega auch nur um fünf Cent bescheißen ließ.

Scanlan hatte den Jungen in die Klemme gebracht. Er hatte keine Zeit zu frohlocken. Wenn er ohne Jorge auf seiner Stoßstange in den anderen Wagen fuhr, würde Isaac ihn aus dem Präsidium verbannen und ihn in einen Kuhstall für überzählige Bullen stecken. Der Chevrolet erstickte ihn. In schlechter Luft konnte er nicht atmen. Scanlan hatte einmal mit seinem Wagen einen Hund verstümmelt, aber nie einen Menschen. Er bemühte sich, nicht auf Jorges gerundeten Rücken zu schauen. Er zielte auf das rückwärtige Nummernschild des zweiten Chevrolet. Geschlossene Fenster boten keinen Schutz vor dem Geräusch zersplitternder Knochen. Es war ein gräßlicher Laut, wesentlich schlimmer als das Kreischen von Metall. Wo war Jorge? Die beiden Chevrolets enthakten sich und krochen aus dem Stadtviertel.

Zorro Guzmann, der Fuchs der Boston Road, stand in einer Telefonzelle an der Achten Avenue. Er tätigte keine Anrufe. Diese Zelle war sein Büro für Manhattan. Hurenhändler hinterließen ihm Nachrichten unter der Telefonzelle, darunter genaue Beschreibungen der Mädchen, die sie wollten: blond oder brünett, mit oder ohne Schönheitsflecken, mit Busen oder flachbrüstig, dreizehn oder drunter. Die Telefonzelle war frei von Nachrichten. Die Hurenhändler beschafften sich ihre Ware woanders. Zorro war vom Busbahnhof vertrieben worden. Er konnte keine ausgerissenen Mädchen mehr auflesen. Das Talent hatte er noch. Er konnte in einem papageigrünen Hemd spazierengehen und mit einem Bündel Blumen in der Hand durch ein Busfenster lächeln. Aber auf den Busbahnhöfen wimmelte es von Isaacs Leuten. Zorro konnte sich nicht mehr in die Nähe eines Busses wagen, ohne einen braunen Stift über seinen Backen zu schmelzen. Und einen Zuhälter mit Wachskreide im Gesicht sah kein Mädchen an.

Nicht das Ende seiner Geschäfte versetzte Zorro einen Stich unter dem Herzen. Er wankte aus der Zelle. Fußgänger glaubten, ein Katatoniker schwanke über den Times Square. Zorro biß sich ins Hemd, um nicht laut aufzuheulen. Der Anfall wollte nicht vorübergehen. Einem seiner Brüder war etwas zugestoßen. Nichts Geringeres hätte seine Brust in so scharfem Rhythmus schlagen lassen können. Die Guzmanns hatten Nabelschnüre, die ganz Manhattan umspannen konnten.

Der Fuchs fühlte sich paralysiert. Seine Brüder hielten sich an zwei Orten auf: im Süßwarenladen und in Silvers Schul. Selbst der Fuchs der Boston Road konnte nicht mit einem Satz in beide Richtungen springen. Zorro mußte sich entscheiden. Silver würde nicht zulassen, daß Isaac der Scheißer Jerónimo etwas tat, befand er mitten im Schritt. Daher begab sich der Fuchs über den Osten nach Norden; er sprang von einem Taxis ins andere. Die Taxler von Manhattan waren von Isaacs blauäugigen Bullen vor dem Fuchs gewarnt worden; er wurde gesucht, weil es hieß, daß er junge Mädchen verdarb.

Mit Taxifahrern konnte Zorro locker umgehen. Im dichtesten Verkehr wechselte er die Taxis, ohne jemals sein Ziel anzugeben. »Fahr einfach geradeaus, Hombre. Ich zeig dir, wo du abbiegen mußt.« Er war der einzige Guzmann mit einem Hauptschulabschluß. Aber dann war er nicht mehr weit gekommen. In der Herman Ridder Junior High School an der Boston Road hatten ihn sämtliche Lehrer geplagt. Sie hatten ihm den Kopf mit unwesentlicher Geographie vollgestopft, und alles, was sie sagten, hatte im Widerspruch zu seinen Vorstellungen von der Welt gestanden, die er sich im Süßwarenladen gebildet hatte.

Zorro wußte mehr über Kolumbus (Cristóbal Colón) als jeder andere unter seinen Klassenkameraden. Cristóbal war in eine Familie von marranischen Wucherern, Taschendieben und Räubern hineingeboren worden. Die Familie war aus Spanien geflohen und in Genua untergetaucht. Mit etwa zehn wurde Cristóbal Zuhälter, dann Zuchthäusler, Mörder und religiöser Fanatiker. Im Gefängnis von Genua überkam ihn die verrückte Bekehrung; er hielt sich für den Messias, der Marranen, Zuchthäusler und die zerstreuten Stämme Israels aus einem verderbten Europa führen würde. Da sie sich vor Cristóbal Colóns Messiasgeschwätz fürchteten, ließen seine Kerkermeister ihn frei und verbannten ihn lebenslänglich aus Genua.

Cristóbal ging zum König von Portugal. Der König interessierte sich nicht für Sträflinge und abtrünnige Juden. Die Monarchen Spaniens waren Cristóbals Plänen gegenüber aufgeschlossener. Er versprach ihnen beträchtlichen Reichtum. Indem er gehörig weit nach Westen segelte, könnte er den Osten finden und Ferdinand und Isabella mit den Juwelen Indiens und der Insel Zipangu (Japan) belohnen. Sie finanzierten Kolumbus' Reise, weil sie darin eine einträgliche Möglichkeit sahen, Juden loszuwerden.

In Papas Augen war Cristóbal ein Schwindler. Kein Marrane wäre je auf die Idee gekommen, daß die Welt etwas anderes als flach sein könnte. Da mit seinen Seekarten etwas nicht stimmte, war Kolumbus nach Osten gesegelt und mit seinen drei Schiffen und einer Mannschaft von Zuchthäuslern und marranischen Zuhältern auf den Bahamas gelandet.

Diese Geschichte gab Zorro vor seiner Klasse im Herman Ridder wieder. Die Jungen und Mädchen saßen kichernd auf ihren Schulbänken. »Flach«, beharrte Zorro. »Die Boston Road ist nicht gekrümmt.«

Er wurde als Schwachkopf beschimpft, als verdorbener Bengel, als Gauner aus einem Süßwarenladen. Die gescheitesten Mädchen lachten am lautesten über ihn. »Zorro Guzmann, Planeten gibt es nur kugelförmig.« Er wurde angeglotzt und aufgefordert, sich wieder zu setzen. Von da an war er nicht mehr zur Schule gegangen.

Zorro hatte einen Freund in seiner Klasse. Manfred Coen, ein blauäugiger Jude aus der Boston Road, gleichaltrig mit Zorro. Coen lachte nicht. Eine flache Welt war ihm einsichtig und nur allzu recht. Abgerundete Dinge wie Ballons und Eier (Coens Papa hatte einen winzigen Eierladen) konnten ihn nicht entzücken. Coen verbrachte mit seiner Familie die Sommer auf Papas Farm. Dann hatte sich Coen entschlossen, Bilder zu malen und auf die Kunstschule zu gehen. Er war Zorro entglitten. Er war Bulle geworden und hatte für Isaac den Scheißer gearbeitet, der versuchte, die frühere Beziehung des Jungen zu den Guzmanns auszubeuten. Coen war zwischen dem Präsidium und dem Süßwarenladen in der Falle und starb in einem Wahnsinnsduell mit einem von Zorros Killern. Zorro konnte ihm nicht nachtrauern. Coen war von seinem Boß beschissen worden. Der große Chef hatte Zorros Killer auf Manfred Coen angesetzt. Isaac war der Killer.

Der Fuchs malte sein Gesicht an, als er aus dem neunten Taxi geschlüpft war. Sein gesamtes Braun war aufgebraucht. Seine Backen waren wachskreideblau. Doch Zorro hätte sich nicht für Isaacs Flotte anzumalen brauchen. Niemand war auf der Boston Road. Der Fuchs taumelte in den Süßwarenladen; sein Herz knurrte angesichts des Omens menschenleerer Straßen.

Vorne im Laden war niemand. Ein Bulle oder sonst ein Dieb hätte sich mit Papas Malzmilchmaschinen davonmachen können. Bälger hätten ihre Finger in Papas Sirup stecken oder Halvariegel stehlen können. Der Fuchs stöhnte auf. Als er in den Schlafsaal seines Vaters trat, tropfte der Wachskreidenschweiß blau von seinen Ohren. Alejandro und Topal versteckten sich unter einem Gewirr aus Handtüchern wie Buckel eines Berges in ihren Schlafkojen. Papa lehnte an der Wand. Zorro sah kein Blinzeln und hörte kein Gemurmel. Jorge lag mit blutigen Kissen über seinen Beinen auf Papas Linoleumfußboden. Marranische Medizinmänner waren bei ihm, Männer aus Uruguay, denen Amuletts, Knoblauchzwiebeln und die Fäuste toter Affen vom Hals hingen.

»Papa, war es Isaac, oder war es das FBI?«

Papa blieb an der Wand stehen; das Zucken seines Rückens ließ erkennen, daß er weinte, obwohl Papa keinen Laut von sich gab. Zorro fragte die Medizinmänner gar nicht erst. Er ging auf das Bett seiner Brüder zu und fand Alejandro unter einem Laken.

»Was ist passiert, Bruder?«

Zorro hatte sich Alejandors wirres Gerede achtunddreißig Jahre lang angehört (im kommenden Oktober würde der Fuchs neununddreißig werden). Er versagte auch jetzt nicht. Er klaubte sich Wortfetzen aus Alejandros Blubbern zusammen. Teufel Isaac. Stoßstangen. Grüne Autos. Der Fuchs sank neben Jorge nieder und schaute unter die blutigen Kissen. »Jesus und Moses«, sagte er. Er jagte die Medizinmänner aus dem Süßwarenladen.

Zorro, Topal, Alejandro, Jorge und Jerónimo waren *hermanos de padre*, Jungen ohne Mutter. Papa hatte keine Verwendung für eine ständige Ehefrau. In Lima war er ein wandernder Zuhälter und Taschendieb gewesen. Seine Jungen stammten aus fünf verschiedenen Gebärmüttern. Diese »Tanten«, Mestizinnen und Straßenhuren, zogen ein Kind sechs Monate lang auf und gingen dann. Zorro war der Jüngste. Seine »Tante« mußte mehr Verstand gehabt haben als die anderen. Ganz gleich, wer sie war: Er hatte eine gewisse Neugier sowie die Fähigkeit, in zusammenhängenden Sätzen zu sprechen, von ihr geerbt. Er war das unter den Kindern, welches im Süßwarenladen keine Ruhe fand. Selbst in einer abgeflachten Welt mußte der Fuchs über die Begrenzung der Boston Road hinauskriechen. Und er wußte, daß Knoblauch an einer Schnur seinen Bruder nicht heilen konnte. Jorge würde sterben, wenn er nicht verbunden wurde und Blut bekam.

Doch Zorro mußte seinen Vater aus der Regungslosigkeit aufrütteln und Topal und Alejandro aus dem Bett holen. Der Fuchs zögerte nicht. Er war kein Mensch, der gern über Probleme nachgrübelte und sich dabei an den

Eiern kratzte. Er riß die Handtücher von seinen Brüdern. »Topal, schnapp dir drei Kissenbezüge. Pack unser Winterzeug ein. Wir kommen nicht zurück. Alejandro, geh zur Taxigesellschaft am Southern Boulevard. Klopf ans Fenster, aber laß dich nicht von den Hombres durch die Tür ziehen. Sie stehlen dir die Schuhe. Hast du verstanden? Klopf ans Fenster und ball eine Faust. Dann wissen sie, daß wir eine Limousine wollen. Und kauf dir keinen Obstkuchen, Bruder. Sonst sind wir tot, ehe du heimkommst.«

Die Guzmanns hatten früher einen Chauffeur namens Boris gehabt, doch Isaac hatte ihn von der Straße gescheucht. Jetzt mußten sie sich bei den meisten ihrer Unternehmungen einem puertoricanischen Taxiunternehmen anvertrauen. Der Fuchs und seine Brüder waren Stadtmenschen; keiner von ihnen hätte das Lenken eines Wagens bewerkstelligen können.

Zorro patschte seinem Vater aufs Ohr. »Papa, wenn du nicht mithilfst, Jorge von hier wegzubringen, macht Isaac ihn und den Rest von uns fertig. Wir können nicht bleiben, Papa. Isaac hat den Laden kleingekriegt.«

Die Finger bohrten sich tiefer in Papas Ohr.

»Wach auf, Papa. Jorge stirbt uns unter den Händen weg.«

Papa löste sich von der Wand. In einem Kraftakt zog er alle Betten ab und stückelte Handtücher und Bettdekken mit unglaublichen christlich-jüdischen Knoten zusammen, um eine Tragbahre für Jorge zu bauen. Es war ein Akt der Verzweiflung und der Liebe. Die Marranen hatten ihr Leben damit verbracht, zu packen und auszupacken und von einem Zuhause zum nächsten zu laufen. Papa hatte sich so an seinen Kindern versündigt, als er in der Bronx etwas Bleibendes gesucht hatte. Amerika hatte ihn dusselig gemacht, ihm eingegeben, Baron mit Landbesitz zu werden. Vielleicht täuschte er sich in Isaac. Angenommen, dieses Bullenschwein war von Adonai, dem Herrn, gesandt worden, um Marranen zu strafen, die sich in Amerika fettfraßen. Ganz gleich. Papa konnte sein Inventar und seine Malzmaschinen zurücklassen.

Drei Guzmanns waren nötig, um Jorge auf Papas Bahre aus Handtüchern, Decken und Lappen zu heben. Mit weichen Knien trugen sie ihn aus dem Süßwarenladen. Papa machte sich nicht die Mühe, den Laden abzuschließen; die Geier würden kommen, sobald die Guzmanns verschwunden waren. Großväter, schwangere Frauen und kleine Jungen würden wie ein Volk von Riesenameisen durch das Fenster kriechen und den Süßwarenladen plündern, Betten, Wände und das Holz herausreißen; innerhalb einer halben Stunde würde der Laden seine Geschichte verlieren. Penner würden mit Zeitungen auf den Köpfen in dem verwüsteten Schlafsaal schlafen. Ratten würden aus den Höhlen kommen und nach Halvakrümeln schnuppern. Die Ladenbesitzer der Boston Road würden achselzuckend sagen: »Die Guzmanns, diese Zuhälter, die sind mit ihren Millionen nach Buenos Aires abgehauen.«

Der Wagen wartete schon. Alejandro saß neben dem Fahrer und schleckte Obstkuchen mit Sahne. Zorro nahm Alejandro die Schlagsahne auf der Zunge nicht übel. Wie hätte er einen Bruder zurechtweisen können, dessen Gedächtnis nie weiter als fünfzehn Minuten reichte? Die Guzmanns packten Jorge auf den Rücksitz. Dann knurrte Zorro Miguel, den Fahrer, an: »Hombre, mein Bruder hatte einen Gürtel, eine Armbanduhr und Manschettenknöpfe, als er zu dir gekommen ist. Du hättest ihn nicht ausziehen sollen, ohne um Erlaubnis zu fragen.«

Miguel lächelte. »Zorro, du mußt deine Armee irgendwo zurückgelassen haben, denn ich sehe nichts weiter als Blut und einen Berg Scheiße.«

Der Fuchs packte Miguel am Kragen. »Hombre, für dein Begräbnis brauche ich keine Armee.«

Miguel öffnete das Handschuhfach und fischte nach Alejandros Sachen. »Ich wollte mir doch nur einen Spaß mit dem Jungen machen, Zorro. Du glaubst doch nicht, daß ich einen Guzmann bestehlen würde? Soll die heilige Muttergottes meine Nase abbrechen lassen, wenn ich lüge. Wohin soll ich dich bringen, Zorro?«

»Zum Waisenhaus.«

»Por Dios, willst du die ganze Familie einliefern? Zorro, Kinder über zwölf nehmen die nicht.«

Der Fuchs packte Miguel wieder. »Halt dich da raus und erzähl mir nichts über Waisen.«

Miguel fuhr die Guzmanns zur Stebbins Avenue. Sie betraten das Waisenhaus mit Jorge auf der Bahre unauffällig durch den Hintereingang. Der Fuchs zahlte Miguel aus. »Hombre, wenn uns hier jemand findet, sitzt du mitsamt deiner Taxigesellschaft auf dem Grund des Harlem River. Das ist noch nicht alles. Ich werde deine Mutter, deinen Vater, deine Frau und die Mutter deiner Frau aus dem Fenster werfen. Und glaub nicht, daß sie im Grab Ruhe haben. Ich werde die Leichen aus der Erde buddeln und mit Hunden kommen, die auf sie pissen. Hombre, ich werde dir für zweihundert Jahre Schande machen.«

Miguel trat mit verdrehten Augen auf die Straße; er war froh, daß er keine Marranen mehr chauffieren mußte.

Die Guzmanns bekamen Ärger im Waisenhaus. Die Oberschwestern gerieten in Wut, weil ein Junge sich erlaubte, in ihren Gängen zu bluten. Calvarados, der Chefarzt, trat zwischen seine Kinderschwestern und den

Fuchs. Zorro zerrte am Ärmel des Arztes. »Calvarados, ich glaube, wir sollten uns unterhalten.«

Sie gingen ins Büro des Arztes. Ohne die Aufseherinnen und seine Brüder, hinter verschlossener Tür, grollte der Fuchs. »Calvarados, die Guzmanns haben für Ihre Waisen bezahlt. Mein Vater war Ihnen gegenüber großzügig. Wir wissen viel über Waisen, verstehen Sie? Meine Familie konnte sich keine Mutter leisten. Daher steht uns Ihre Nächstenliebe zu. Mein Bruder Jorge wird verbluten, wenn Sie uns abweisen.«

»Señor, wir sind kein Krankenhaus, sondern ein Kinderheim.«

»Das ist richtig. Aber Sie sind Arzt, und Sie haben eine kleine Armenstation, die ausreicht, um die Wunden meines Bruders zu verarzten.«

»Ich bitte Sie, bringen Sie ihn ins Jacobi, oder ins Bronx-Libanon. Hier gibt es keine Blutbank.«

»Calvarados, wenn ich ins Bronx-Libanon wollte, käme ich dann in dieses Loch an der Stebbins Avenue? Krankenhäuser stehen sich gut mit der Polizei, und es war die Polizei, die meinen Bruder so zugerichtet hat. Habe ich etwa draußen keine Familie? Wir geben Ihnen alles Blut, das Sie brauchen.«

»Das ist ausgeschlossen«, sagte der Arzt. »Ich kann nicht einen Teil des Heims absperren, um euch Guzmanns aufzunehmen. Die Kinder würden Verdacht schöpfen.«

»Calvarados, Sie hören mir nicht zu. Sie sind der einzige Arzt, dem wir vertrauen können. Die Sache ist ganz einfach. Mein Bruder ist auf Sie angewiesen. Sie können uns also nicht enttäuschen. Wenn wir um einen Toten trauern, sind wir schrecklich. In unserem Kummer beißen wir Köpfe ab. Wir legen Brände. Wir würden keiner Waise etwas tun, ich nicht und mein Vater auch nicht.

Aber was Ihr Personal angeht, bin ich mir nicht so sicher. Alejandro zankt gern mit alten Damen. Topal lutscht kräftig an Fingern. Gott sei Dank, daß Jerónimo nicht hier ist. Er hat es mit Augäpfeln und Zähnen.«

Calvarados gab sich geschlagen.

»Verstecken Sie uns für drei Tage«, sagte Zorro. »Dann sind Sie die Guzmanns los, Doktor. Ich schwöre bei Jorges Leben, daß ich einen Ort weiß, wohin wir gehen können.«

Patrick Silver war mit Jerónimo, Rabbi Hughie und den Kirchenältesten der Synagoge im Sanktuarium; sie sagten ein Kaddisch für First Deputy O'Roarke. Patrick war zu Neds Totenwache gegangen und hatte Jerónimo mitgenommen, aber die irischen Leichenbestatter ließen Patrick keinen Ablaß für Ned kaufen und wollten ihn auch nicht vor dem Sarg niederknien lassen. Patricks frühere Brüder, die Kriminalbeamten von der Shillelagh Society, ignorierten ihn bei der Totenwache und schlichen sich in die nächste irische Bar davon, ohne ihn zum Mitkommen aufzufordern. Daher nahm Patrick sein dunkles Bier in die Schul mit und sang das Kaddisch der Trauernden, während Jerónimo verdrossen unter seinem Gebetsschal hockte. Das Baby war seit Mitte der Woche schweigsam. Es maunzte nicht mehr. Es wollte keine hellen oder dunklen Karamellen mehr essen. Patrick hätte Jerónimo zum Süßwarenladen gebracht, damit er seine Brüder sehen konnte, wenn Papa Jerónimo nicht verboten hätte, in die Boston Road zu kommen. Gegen Ende des Kaddisch fing das Baby an zu wimmern. Es wollte den Mund nicht halten. Der Gebetsschal peitschte gegen seinen Kopf. Rief er Patrick ans Fenster? Silver lugte durch eine Spalte im Glas. »Gott steh mir bei«, murmelte er, als er einen klapprigen Krankenwagen vor der Schul stehen sah.

Silver zwängte sich aus seinem Gebetsstuhl. »Verzeihung, bitte.« Er küßte die Troddeln seines Schals und ging die Treppe hinunter. Der Krankenwagen mußte von einem Waisenhaus der Bronx gekommen sein. Die Worte STEBB NS AV NUE ORPHAN waren auf die Seitenleiste gemalt. Der Wagen fuhr fort, und fünf Guzmanns und ein tragbares Krankenhausbett blieben auf den Stufen der Gemeinde Limerick zurück. Jorge lag unter den Betttüchern, mit bläulichweißem Gesicht. Als er Patrick Silver anlächelte, war die Haut auf seinen Wangen so dünn wie Seidenpapier. Er hatte geronnenes Blut im Mund. Sein Haar war dicht an den Schädel geklatscht.

»Willst du uns noch lange anstarren, Ire?« sagte Zorro. »Jorge hat einen Unfall gehabt. Er ist Isaac in die Arme gelaufen. Kriegst du mit, was los ist? Kann deine Kirche noch ein paar Gäste außer Jerónimo aufnehmen? In den Hotels mag man uns nicht, Ire.«

Patrick hatte noch nie einen geraden Satz von Zorro gehört. Der Fuchs sprach und handelte im Zickzack. »Kommt um Himmels willen rein. Ihr könnt das Winterzimmer haben.«

Zorro und seine Brüder trugen das Krankenhausbett die huppeligen Stufen vor der Synagoge hinauf. Patrick unterließ es, dem Fuchs zu erzählen, daß das Winterzimmer das inoffizielle Armenhaus der Gemeinde Limerick war, ein Ort, an dem Bettler eine Mahlzeit und ein Kissen bekommen konnten. Es war erst der fünfzehnte August, und Bettler waren keine da (sie zogen es vor, bis Dezember in Hauseingängen zu schlafen).

Papa trat als letzter in die Schul. Der Verlust seiner Territorien drückte ihm jetzt auf die Stellen hinter den Ohren. Er hatte sich in Amerika gesuhlt. Die Synagoge machte ihm Angst. Papa war noch nie in einer Schul gewesen. Fünfhundert Jahre lang hatten die Guzmanns von Portugal, Spanien, Holland, Lima und der Bronx das Haus Gottes gemieden und ihr geheimes Leben in Ecken und feuchten Räumen ergossen. Sie beteten zu Hause oder ganz hinten in der christlichen Kirche, um die *Católicos* irrezuführen und sich vor Adonai, dem Herrn, zu demütigen. Nicht einmal das Ende der Inquisition hatte sie in eine Schul bringen können. Sie wußten nicht, wie man unter Juden betet. Sie sagten das Vaterunser auf und baten Adonai um Vergebung.

Jerónimo war von der Kapelle ins Winterzimmer gekommen und fand seinen Vater und seine Brüder vor. Er sah Jorge auf dem Krankenbett an und heulte laut los. Patrick, Topal, Alejandro und Papa konnten ihn nicht trösten. Er hockte sich neben das Bett und beklagte Jorges blauweißes Gesicht. Nur von dem Fuchs ließ er sich belehren, nicht so laut zu schreien. »Jerónimo, Jorge wird wieder gesund. Du und der Ire, ihr werdet ihn mit Suppe füttern. Aber er ist nicht sehr stark. Wenn du weinst, fallen ihm die Haare aus.«

Jerónimo ging wieder zu seinem üblichen Wimmern über. Zorro umarmte seinen Vater und seine Brüder und verließ das Winterzimmer.

»Wohin geht er?« sagte Patrick.

»Ire, mich sucht die Polizei. Sie könnte mit ihren Haftbefehlen in deine Kirche kommen. Warum sollte ich den Bullen bei Jorge eine zweite Chance geben? Es ist nicht klug, allzu viele Guzmanns unter einem Dach zu haben. Paß auf all meine Brüder auf, Ire. Adios.«

Und der Fuchs lief die Stufen hinunter.

ZWEITER TEIL

7

Odile Leonhardy saß im eduardischen Zimmer des Plaza-Hotels und las in einem Anzug aus Crêpe ohne Taschen und Ärmel die Frühstückskarte. Sie saß mit dem Filmproduzenten Wiatt Stone an einem der Renommiertische auf einem kleinen Balkon. Die Speisekarte haute sie um. Für weniger als zwei Dollar konnte das Plaza kein Ei kleppern. Odile wurde rechtzeitig zu ihrem zwanzigsten Geburtstag knausrig. Sie aß auf ihrem Zimmer Nüsse, und von Herbert Pimloe hing es ab, ob ihre Gier auf Pommes frites befriedigt wurde.

Sie hatte drei Monate im Plaza gewohnt und darauf gewartet, von wahren Filmleuten entdeckt zu werden. Sie mußte sich das falsche Hotel rausgesucht haben. Wiatt war der einzige Produzent, dem Odile jemals im Foyer begegnet war. Und die Produktionen, die ihm vorschwebten, schienen nicht allzu weit von ihrer früheren Karriere als »Odette die kindliche Pornokönigin« entfernt zu sein. Wiatt fummelte unter dem Balkontisch an ihrem Knie herum und bot ihr die Rolle der Abisag an, der jugendlichen Geliebten König Davids, in einem Epos, das er über Jerusalem, die Stadt Gottes, plante. Odile würde während des ganzen Films die Lenden eines sterbenden Königs streicheln müssen. »Für diese Rolle bin ich zu alt«, sagte sie und schnippte mit ihrer Serviette Wiatts Hand von ihrem Knie.

Wiatt störte das nicht weiter. Odile saß in der Ecke fest. Er konnte sie mit Grapefruits, Croissants und jedem seiner Daumen in die Enge treiben. »Der Film wird ganz naturalistisch, Baby. Ich will Sie für *Die Stadt Gottes* haben. Abisag bleibt schließlich nicht ewig zwölf. Am

Ende des Films liegt sie als vornehme Dame in König Salomos Bett.«

Odile sah an die angestrahlte Decke des eduardischen Zimmers, auf die Kronleuchter, die rosa Tapete, die erlesenen Teetassen, die verlorenen Eier und die Muster der Stühle, und sie entschuldigte sich bei Wiatt. »Entschuldigung, ich muß mal pinkeln.«

Sie zwängte sich aus der Ecke und murmelte: »Verflucht!« Bei einem Pornomogul wie ihrem Onkel Vander wußte ein Mädchen wenigstens, woran sie war. Vander ließ keine Dreidollargrapefruits regnen. Er schielte lüstern nach einem Nippel unter dem Crêpe de Chine und sagte ja oder nein. Da gab es kein Geschwätz über Abisag und religiöse Epen. Odile, hätte er zu ihr gesagt, ich will, daß du es einem alten König machst.

Sie hatte den Balkon hinter sich, war an der gigantischen Erdbeerschale vorbeigekommen, die neben dem Pult für Reservierungen stand, und das eduardische Zimmer lag hinter ihr. Im Foyer blieb beim Anblick ihres Anzugs aus Crêpe de Chine Männern und Frauen die Spucke weg. Der Liftboy rieb sich an ihr. Odile mußte ihn mit einem Ausholen ihrer Hüfte daran erinnern, wer sie war. »Du hast mich nicht gepachtet, Sonny. Lehn dich zur Abwechslung mal ner andren an die Titten.«

Sie stand mit gepackten Taschen unten, ehe Wiatt seine zweite Tasse Tee einschenkte. Sie sah Pimloe ins Hotel kommen. In ihrer Frühstückskleidung wäre er fast an ihr vorbeigegangen. Sie mußte mit einem Stück Crêpe vor seinen Augen wedeln. »Kommst du gerade von einer Beerdigung, Herbert?«

»Der große Isaac hat mir einen Strich durch die Rechnung gemacht. Vorläufig ist nichts mit Pommes frites, Odile. Mein Magen spielt nicht mit. Können wir uns im Park treffen?«

»Heute nicht. Tu mir einen Gefallen, Herbert. Geh ins Frühstückszimmer. Frag nach dem Filmproduzenten Wiatt. Sag ihm, Abisag sei nach Hause gegangen.«

Odile hatte sich für das Plaza nicht völlig blank gemacht. Sie hatte ein Apartment in der Jane Street. Es war eine Puppenstube, eineinhalb Zimmer, in der sie jede Art von Männern empfangen konnte, Bullen wie Pimloe und Kunden, die Zorro ihr schickte. Sie war Zorros Mädchen, aber wer konnte sich auf den Fuchs verlassen? Die Abstände zwischen seinen Besuchen richteten sich nach dem Kalender in seinem Kopf, nach dem er an verschiedenen Montagen des Jahres mit ihr schlief. Sie verstand weder seine Vorliebe für Montage noch die Art, auf die er seine Leidenschaft wie eine Faust öffnen und schließen konnte.

Wegen Zorro machte sie sich keine Sorgen. Der Fuchs würde den Weg in die Jane Street eines Montags finden, wenn sein Notstand erst groß genug war. Die Guzmanns hatten ihre Vorzüge. Mit Zorro als ihrem Beschützer war Odile vor Einbrechern und Dieben sicher. Jede Ratte in Manhattan und der Bronx nahm sich vor Zorro und seinen Brüdern in acht. Wer in ihren Territorien herumwilderte oder eines ihrer Mädchen belästigte, konnte sein Genick an Bruder Jorge verlieren.

Odile nahm sich ein Taxi in die Jane Street. Da sie knapp bei Kasse war, setzte sie ihre Unterschrift und den Betrag von zwei Dollar fünfundsiebzig auf ein Stück Papier und gab es dem Fahrer mit einer Umarmung. Er wollte ihr Gepäck nicht die Treppe hinauftragen. Daher mußte Odile dreimal laufen; sie verfluchte die Unsitten von New York.

Der Zustand ihrer Wohnung verdutzte sie. Auf dem Teppich stand eine Untertasse mit Krümeln, und im Spülbecken lagen Bananenschalen. Ihre Spiegel waren mit Tüchern verhängt. Sie trat in ihr winziges Schlafzimmer. Zorro lag schlafend da.

»Fuchs«, sagte Odile und riß die Handtücher von ihren Spiegeln. »Fuchs«. Sie zerrte an dem lavendelfarbenen Bettzeug und legte seine Füße frei. Er wachte nicht auf. »Kaum zieht man aus, schleichst du dich in die Wohnung ein. Guzmann, du nutzt mich aus.«

Eine Zehe rührte sich. Sein Kopf reckte sich aus den Laken. Er sah Odile nicht an. Die nicht verhängten Spiegel verdrossen ihn. Er murmelte etwas von teuflischen Augen, Peru und den Eigenheiten von Glas.

Odile erbarmte sich seiner. Sie verhängte sämtliche Spiegel. »Guzmann, sieh zu, daß du hier wegkommst. Pimloe, dieser Bulle, läuft mir oft nach. Du erinnerst dich doch an Herbert. Isaacs Lehrling. Er könnte unten stehen.«

Sie hatte gedacht, der Fuchs würde aus dem Bett springen. Er pulte in seinen Zehennägeln. »Für Pimloe rühre ich mich nicht. Der ist so dumm, daß er brummt.«

Er erzählte ihr, was mit Jorge, Papa und dem Süßwarenladen passiert war.

»Zorro, wo hast du deine Familie hingebracht?«

»In die Kirche. Zu dem großen Iren.«

»Du hast sie bei Patrick Silver gelassen? Mein Gott, dieser Trottel ist ohne Schuhe ins Plaza gekommen.«

Zorro hatte genug mit Odile gequasselt. Er packte sie an ihrer Hose aus Crêpe und zog sie zwischen die Laken. Er schüttelte ihre Frühstückskleidung wie aussätzige Gegenstände ab. Der Fuchs fand es widerlich, Crêpe anzufassen. Hosen an einem Mädchen hatten ihn schon immer verrückt gemacht. Er ließ nicht zu, daß Odile sich in ihre dekorative Schale warf. Er lag auf den Knien und leckte ihren Körper mit der salzigen Zunge der Marranen.

Odile war es nicht peinlich, nichts anzuhaben. Sie genoß die Freiheiten, die Zorro sich rausnahm. Er war kein Wiatt Stone mit seinen Pfoten unter dem Tisch. Für Zorro brauchte sie nicht Abisag zu sein. Sie hatte lieber den Fuchs im Bett, als bei einem alten König zu liegen.

Zwei Tage Zorro, und Odiles Verstand war umnebelt. Sie war kein Mädchen, das es allzu lange aushielt, ohne in einen Spiegel zu sehen. Sie durfte keine Kleider tragen, wenn der Fuchs da war. Keine Höschen oder Ketten um die Knöchel. Er nahm keine anständigen Mahlzeiten zu sich. Sie mußte Bananen mampfen und im Bett bleiben.

Der Fuchs schien sich nur langsam zu erholen. Er leckte sie einmal und kam ihr dann nicht mehr nah. Die Guzmanns waren wie kleine Karnickel. Sie krochen in ein Mädchen, krümmten sich und schliefen mit beseligtem Gesichtsausdruck ein. Odile hatte es im Verlauf des Jahres mit allen sechsen gemacht. Sie mochte den Klang ihrer Orgasmen; es war dasselbe melancholische Stöhnen. Ihre übrigen Männer kamen anders: Ob laut oder zart, ihre Schreie ließen Odile kalt. Nur bei einem anderen Jungen, einem Bullen namens Manfred Coen, hatte es Odile so mitgerissen, daß sie Laute ins Kopfkissen gehaucht hatte. Und Coen war tot.

Sie brauchte eine Weile ihre Ruhe vor dem Fuchs, und sie wollte Luft atmen, die nicht nach Bananen roch. Auf der Straße würde sie einen Spiegel finden und gründlich nach Falten und Muttermalen suchen. Bei Odile war das keine Eitelkeit; es war der Geschäftssinn eines Mädchens, das sein Gesicht an den Film verkaufen wollte und sich jedes Leberflecks bewußt sein mußte.

Odile schlich sich davon, während Zorro ein Schläfchen hielt. Für Unterwäsche fehlte ihr die Geduld. Sie zog ein Wickelkleid an und ging die Treppe hinunter. Sie hätte alle Spiegel auf Erden haben können, wenn sie in die Antiquitätenläden in der Hudson Street geschaut hätte. Aber Odile schreckte davor zurück. Sie liebte Merle Oberon, Mary Astor und Alice Faye, Frauen von wahrem Format, viel Stirn und tieftraurigen Augen, aber alle Welt wollte sie als Odette die Pornokönigin sehen, eine dürre Stange mit perfekten Titten.

Als sie durch die Jane Street zum Abingdon Square ging, sah sie Jerónimo und den großen Iren im Park stehen. Das Baby maunzte sie an. »Leonhardy.« (Er nannte sie gern bei ihrem Familiennamen.) Der Ire war weniger gesprächig. Er hatte wunderschönes grauweißes Haar. Kleine schwarze Flaschen schauten aus seinen Hosentaschen. Sie bewunderte seinen großen irischen Zinken. Außerhalb des Plaza sah Silver gut aus.

»Was haben Sie in der Tasche?« sagte sie.

»Stout.«

»Stout?« sagte sie. »Was ist Stout?«

Silver schleckte sich die Lippen. Er reichte ihr eine Flasche Guinness zum Probieren.

»Ist das süß?« fragte sie.

»Nein. Das ist dunkles Bier.«

»Danke«, sagte sie und steckte die Flasche wieder in Silvers Hosentasche. »Ich mag keine bitteren Getränke.«

Silver wiegte sich in seinem Unterhemd. »Das ist schade«, sagte er. »Wir zwei, wir kommen nie zusammen. Daß Sie kein Guinness mögen und so. Da sind mehr Vitamine drin als in Milch.«

»Warum laufen Sie in diesem Lumpen von einem Hemd herum?«

»Das ist kein Lumpen«, sagte er. »Es war mal schwarz und rot.« Er zeigte ihr den ausgeblichenen Schädel und die gekreuzten Knochen auf Zwerchfellhöhe des Hemds. »Das sind die Farben des University College von Cork.«

Odile sah stirnrunzelnd die undeutlichen Ränder der gekreuzten Knochen an. »Patrick Silver, fürs College sind Sie zu alt.«

»Sie haben nicht mitgekriegt, was ich damit sagen will. Sehen Sie, das hätte meine Schule sein können, wenn mein Vater nicht von gewissen Leuten aus Irland gejagt worden wäre.«

Sie konnte seinen verrückten Geschichten nicht folgen. Wie kommt man von Irland an den Abingdon Square? Aber sie wäre zu gern dahintergekommen, was Patrick unter seinem Hemd hatte. Hatte der Ire grauweiße Haare auf der Brust? Sie dachte daran, ihn in ihre Wohnung in der Jane Street mitzunehmen, aber der Fuchs lag in ihrem Bett und schlief. In seiner Synagoge konnte sie Patrick nicht ausziehen. Dieser Ort war von Guzmanns überlaufen.

»Wie geht es Papa?« sagte sie.

»Er lebt. Er lernt gerade, mit uns zu beten.«

»Sagen Sie ihm, daß Odile wieder in der Jane Street wohnt. Er kann sie jederzeit besuchen, wenn er dazu aufgelegt ist. Mit seinen Jungen oder allein. Mir ist beides gleich recht.«

»Gibt es sonst noch was?«

»Ja. Ich glaube, wir werden von beiden Seiten des Parks aus von Bullen beobachtet.«

»Ich weiß. Die Kerle hat Isaac geschickt. Keine Sorge. Sie gaffen bloß. Ihnen werden sie nichts tun.«

Odile küßte Jerónimo und winkte dem Iren zu. Wenn Zorro aufwachte und sie nicht vorfand, würde er in die Wand beißen und schwören, Odile hätte ihn dem teuflischen Auge in ihren Spiegeln ausgeliefert. Sie eilte an dem blonden Kriminalbeamten am Parkende vorbei. Mit Süßigkeiten in den Backen sah er lächelnd ihr freizügiges Kleid an. »Baby Odile«, sagte er. »Onkel Isaac kauft dir einen Haufen Geschenke, wenn du ihn zu dem dummen Fuchs führst.«

Bei Gott, Isaac streckte seine Krallen an jeder Straßenkreuzung aus. Kein Hund konnte an eine Straßenlaterne pissen, ohne daß ein Kommissar davon erfuhr. Sie lief in die Jane Street, um Zorro vor den blonden Kriminalbeamten zu warnen. Zu Hause fand sie ein leeres Bett vor. Der Fuchs war fort. Vielleicht wollte er nur Bananen kaufen. Sie sagte Scheiße, Scheiße, Scheiße! Sie hätte sich auf dem Abingdon Square sonnen und mit Jerónimos irischem Wächter flirten können.

8

Isaacs Kinder zogen von der Boston Road in die Bethune Street. Zwei Tage nach der Ankunft der Guzmanns fuhren grüne Chevrolets vor der Synagoge Streife. Jerónimo konnte ihre breiten Flossen durch die vielen Sprünge in den Fenstern der Kapelle sehen. Isaac brachte seine Infanterie bis zu den Stufen der Schul. Von der Washington Street bis zum Abingdon Square fand man Kriminalbeamte. Der neue First Dep hatte Silver und seinen Leuten nur einen Schuhkarton gelassen. Isaac konnte sie erstikken oder ihnen ein paar Zentimeter Frieden lassen.

Blauen Jungs und einer Flotte von Chevrolets ergab sich Patrick nicht. Er brauchte nicht mehr in der Gosse nach zufällig vorbeikommenden Juden zu fischen. Er brachte seine Minjens innerhalb der Schul zusammen. Patrick hatte vier neue Köpfe zum Spielen: Topals, Alejandros, Papas und Jorges. Aber er war nicht aufdringlich. Er lockte drei Guzmanns in den Gebetsraum, aber Jorges Bett ließ er in Ruhe. Er fand eine Jarmulke für Papas mittleres Kind und hängte sie über das Lesepult, nachdem Rabbi Hughie verkündet hatte, daß ein kranker Mensch, der sich bereits in der Schul befand, nicht körperlich bei Gottesdiensten erscheinen mußte; nach Rabbi Hughies Auslegung der Thora konnte er spirituell und substantiell durch ein Schädelkäppchen oder ein anderes Glaubenssymbol vertreten werden.

Papa fühlte sich in der Kapelle unwohl. Er hatte Angst, Adonai, den Herrn, könne es beleidigen, wenn ein Abtrünniger Gebete auf hebräisch murmelte, und so sang Papa tonlos auf portugiesisch. Wie die Schulältesten bedeckte er sich mit einem riesigen Leinenschal. Er hielt

Topal dazu an, nicht mit den Schultern zu schwingen, ehe die Thora aus dem Schrank an der Wand geholt worden war, und er untersagte Alejandro, Halva auf die Stufen um das Lesepult zu bröseln. Seine Söhne zu ermahnen, nahm Papa nicht die eigenen Sorgen. Wie hätte er die Chevrolets vergessen können? Wenn er ihre Motoren auf der Straße knattern hörte, zog er sich den Schal ganz ins Gesicht und wich an den einzigen Zufluchtsort zurück, der einem Marranen zu Gebote stand: die verbrauchte Luft vor seiner Nase.

Wenn Papa sein Gesicht verhüllte, versuchte Patrick nach dem Gebet, ihn flüsternd zu trösten. »Ist ja gut, Moses. Mir ist es scheißegal, wenn Isaac sich den Bürgersteig unter den Nagel reißt. Er kann mit seinen Chevrolets nicht durchs Fenster klettern. Ist ja gut.«

Doch während des Morgengebets konnte er Papas Hand nicht halten. Patrick war der Hüter der Schriftrollen. Die Ältesten hatten ihn ermächtigt, die Thora ein- und auszuwickeln. Diese heiligste Verrichtung in der Synagoge war Patrick im Angedenken an seinen Vater übertragen worden.

Ohne Murray Silver, den toten Betreuer der Bethune Street, gäbe es keine Gemeinde Limerick. Der wacklige Schrank, in dem die Schriftrollen der Synagoge aufbewahrt wurden, war Murrays Arche. Er hatte früher in der King's Island Schul der Grafschaft Limerick gestanden. Der Schrein war in Bagdad geschnitzt worden (das hatte Patrick von seinem Vater erfahren), über den Irak in die Türkei gelangt, von der Türkei nach Spanien, von Spanien nach Irland, und das im Lauf von siebenhundert Jahren. Niemand wagte es, die Abstammung dieses Schreins aus Bagdad in Frage zu stellen. Für die Juden der Wolftone Street war er das heiligste Behältnis ganz Irlands. Als die verrückten Leute aus Limerick die Juden bis auf den letzten davonjagten, wollte Murray nicht zulassen, daß dieses Stück auf King's Island verkam. In einem Wagen brachte er den Schrein nach Dublin, ruderte ihn über die Irische See und saß damit auf einem Frachter von Liverpool nach New York.

An den Kanten von den weiten Reisen abgestoßen, landete dieser Schrank mit einem Bein weniger in Amerika. Murray störte das nicht. Er schleuste den verbeulten Kasten an der Einwanderungsbehörde vorbei und brachte ihn mit Hilfe einer Gesellschaft für mittellose Juden in ein möbliertes Zimmer. Bei dieser Organisation traf er eine Handvoll ehemaliger Gemeindemitglieder, holte sie in die billige Pension, und dort feierten sie freudig das Überleben des Schreins aus Bagdad und schmiedeten Pläne für eine Synagoge, in der man Murrays Schrank unterbringen konnte.

Dieser alte Schrank mit dem zerfetzten irischen Vorhang über der Tür (von jüdischen Webern aus Limerick hergestellt, und er haarte sehr) war es, was die Guzmanns so sehr erschreckte. Papa und seine Jungen waren davon überzeugt, daß Adonai in diesem Schrank aus Bagdad wohnte. Jedesmal, wenn Patrick unter den Vorhang griff, sahen sie sich nach Rauch um. Sie schauderten, wenn der große Ire ihnen seine Thora brachte. Die Thora mußte geküßt werden. Mit spitzen Lippen setzten sie flüchtige Küsse auf den Samteinband. Der Samt verbrannte ihre Münder. Sie schlossen die Augen, wenn Patrick die Thora aus ihrer Hülle nahm. Den Anblick entblößter Schriftrollen ertrugen sie nicht. Die blutrote Zunge Adonais hätte aus dem Gewirr hebräischer Buchstaben auf sie losstechen können.

Bis auf die Zeit in der Kapelle kam Papa nicht aus dem Winterzimmer raus. Er saß bei Jorge und verdrehte ein Stück Schnur beim Fadenabheben; er spielte dieses verrückte Spiel mit sich selbst. Im schwindlig machenden Tempo kamen und gingen die Muster zwischen seinen Fingern. Papa beschäftigte sich mit nichts anderem.

Von Zeit zu Zeit schickte Zorro Ärzte in die Schul. Es waren frühvergreiste junge Männer in Arztkitteln, Assistenzärzte, Krankenpfleger und sonstige Mediziner, die Zorro in den Unfallstationen eines der Klein-Havannas der Bronx bestochen hatte. Nur Zorros Ärzte konnten Papa vom Fadenabheben abbringen. Sie drängten sich um Jorge, schnippelten mit dreckigen Krankenhausscheren an seinen Verbänden rum und zogen sich dann in eine Ecke des Winterzimmers zur Beratung zurück. Ihr Gefasel erschien Papa sinnlos. Sie sprachen von silbernen Kniescheiben, Rückenmarksflüssigkeiten und gestohlenen Halbliterflaschen Blut. Sie setzten ihren Eifer daran, das Erdgeschoß der Synagoge in eine chirurgische Abteilung zu verwandeln. Masken und kleine Messer wurden neben Jorges Bett angehäuft.

Papa brauchte ein paar Wochen, um dahinterzukommen, daß diese Männer Schauspieler waren, Idioten in Arztkitteln. Sie waren in der Lage, Jorge mit ihren kleinen Messern zu ermorden. Er wollte keine silbernen Kniescheiben an seinem Jungen. Er warf Zorros Ärzte aus der Synagoge. Sie zischten ihm den Namen des Fuchses vom Fuß der Treppe zu. »Dem Fuchs wird das nicht gefallen. Der Fuchs hat uns dafür bezahlt, daß wir uns um seinen Bruder kümmern. Was verstehst du schon von Medizin, Alter?«

Mit Schwachköpfen ließ sich Papa nicht auf Auseinandersetzungen ein. »Sagt meinem Jüngsten, daß ihr Jorges Knie nicht von mir bekommt.«

Papa rief seine marranischen Medizinmänner hinzu. Sie hatten wesentlich sanftere Gesichter als diese ältlichen jungen Männer. Sie wußten, wie man um einen verkrüppelten Jungen weint. Und sie waren fähige Praktiker. Sie beugten sich über das Bett und hauchten ihren Knoblauch in Jorges Wunden. Mit den Heilmitteln, die sie in ihrem Singsang nannten, hatte Papa keine Schwierigkeiten. Sie versprachen mannigfaltige Auferstehungen: Schnee in Jerusalem, wiederhergestellte Knöchel und Knie, Krankenhausbetten, die an einer Wand hochrollen konnten, und die Rückkehr aller Marranen ins arabische Spanien. Bei diesen Nachrichten weinte Papa. Er erholte sich langsam von der Betäubung eines dreißigjährigen Nachtlagers in der Bronx. Amerika war kein Land für ihn. Unter Christen und Juden konnten die Marranen nicht existieren. Doch das Spanien, das sie suchten, war vor achthundert Jahren gestorben, als die Mauren aus Sevilla abgezogen waren.

Patrick mußte die Guzmanns und ihre Medizinmänner verpflegen. Die Medizinmänner waren ein zimperlicher Haufen. Marranen essen mit den Händen, verkündeten sie und verschmähten Patricks Löffel. Seine belegten Brote und seine Suppen rührten sie nicht an. Patrick mußte zu einem kubanisch-chinesischen Restaurant in der Nähe des Chelsea-Hotels laufen, um Unmengen Schweinefleisch und schwarze Bohnen zu besorgen.

Die Guzmanns zu pflegen, war eine Aufgabe, die einen Mann auslaugen konnte. Patrick nutzte jede ruhige Minute, um in die Kings of Munster zu entkommen. Er zog sich sein Guinness rein, kam völlig fertig wieder ins Winterzimmer und sang unanständige Lieder (über die Hexe von Limerick und den Verkehr unter der Balls Bridge), die niemand verstand.

Papa konnte sich die Geographie von Irland nicht merken. Es machte ihm Schwierigkeiten, sich an beide Enden der Bethune Street zu erinnern. Sogar die Boston Road entschwand ihm. Er konnte eine Generation Heidelbeeren, Malzmilch und Halva mit einem Augenzwinkern aufgeben. Die Kapelle hatte ihren Schrecken nicht verloren. Dort gab es einen Stuhl für Elia und einen Schrank für Adonai. Daher verlegte Papa seinen Kosmos in das Winterzimmer. Mit einer gewissen Ruhe konnte er gegen Wände rennen. Er konnte die Medizinmänner mit seinem Wunsch nach klareren Voraussagen plagen. Er konnte Jorges Gesicht mit einem Geschirrtuch waschen. Er konnte Patricks Ruhelosigkeit beobachten und das Stöhnen seiner Jungen hören. Papa war nicht blind: Topal hatte einen Ziegelstein in der Tasche. Was kann man für einen Jungen tun, der sechzehn Stunden an einem Stück erigiert bleibt? Papa bat Patrick, eine Prostituierte ins Haus zu holen.

»Hilf mir, Ire. Es zerreißt ihm die Hose ... Topal ist in Gefahr. Sein Schwanz könnte durchbrechen.«

»Moses, es tut mir leid für den Jungen, aber man kann keine Huren in eine Schul bringen.«

»Und was ist mit Zorros Frau?« sagte Papa brummig.

»Wer ist das?«

»Die kleine Goie. Odile.«

»Wenn sie Lust hat, kann sie kommen«, sagte Patrick. »Aber nicht zum Huren. Das ist gegen die Vorschriften.«

Papa knirschte mit den Zähnen. »Ich wußte gar nicht, daß wir in einem Kloster zu Besuch sind, Ire. Meine Jungen haben Schwänze, Gott sei Dank. Bring sie zu der kleinen Goie, einen nach dem anderen. Ire, ich bin von dir abhängig. Führ sie nicht in Isaacs Stoßstangen. Ich habe einen Jungen ohne Beine. Das reicht.«

»Keine Sorge, Moses. Es sind enge Straßen. Ich kann einem Chevrolet ausweichen.«

Patrick nahm seinen Pendelverkehr zwischen der Synagoge und der Jane Street auf. Topal hatte es am nötigsten. Daher ging er als erster mit Patrick. »Halt ihn an der Hand«, rief Papa die Treppe hinunter. »Ire, paß auf, daß er nicht stolpert. Er könnte seine Knie verlieren.«

Mit ineinander verschlungenen Händen verließen sie die Schul. Aus den grünen Wagen wurden sie von Kriminalbeamten angemacht. »Patrick, warum gibst du uns das Baby nicht? Wir sind scharf auf Guzmanns. Wir werden ihm die Augen schlecken.«

»Haut ab«, murmelte Patrick, »ehe ich euch auf die Windschutzscheibe scheiße«, und er zog Topal von den Wagen weg. Er kam nicht in Odiles Haus rein. Er mußte unten läuten. »Machen Sie auf, Miß Leonhardy. Ich habe Ihnen jemanden mitgebracht. Topal Guzmann. Mit Grüßen von Papa.«

Odile erwartete ihn in einem Abendkleid an der Tür. Patrick stand in seinen schwarzen Socken da. Die kleine Goie hatte Hautstellen, die das Gehirn eines Iren durchrütteln konnten. Er war dabei, ein elender Kuppler zu werden, der die Guzmann-Söhne zu Odile brachte.

»Soll ich im Flur warten, bis Sie mit ihm fertig sind?«

»Nein«, sagte sie. »Kommen Sie rein.«

Er war schon in Wohnungen von Huren gewesen, aber in keiner hatte es Teewärmer und Waffeleisen an der Wand gegeben. Ihr Bett war winzig. Patrick hätte sich die Beine an den Knöcheln abschneiden müssen, um der Länge nach reinzupassen. Papas kleine Goie war eine seltsame Nutte. Sie zog Topal mit liebevollen Rucks aus. War sie wirklich mit dem Fuchs verheiratet? Oder hatten die Guzmanns sie gepachtet? Patrick konnte die Ausdehnungen und Beschränkungen von Moses' Herrschaftsbereich nicht verstehen. Er war der starke Mann der Familie, und nichts weiter als der Hüter von dreien von Papas Jungs. Topal hatte eine gelockte Brust. Sein Schwanz ragte weit über seinen Bauch, aber sein Hodensack war kaum zu sehen. Den Guzmanns waren ihre Eier kostbar. Sie stopften sie an Stellen, an denen kein Feind, ob Mann oder Frau, je wühlen konnte.

Patrick spürte, wie sich sein Zahnfleisch in seinen Kopf zurückzog, als Odile ihr Kleid fallen ließ. Er konnte nicht glauben, wie ihr Hintern auf den Schenkeln saß. Gott steh uns bei, die kleine Goie hatte kein Gramm Fett am Leib und keinen Zentimeter schlaffe Haut. Sie zierte sich nicht vor Patrick Silver. Sie feuchtete Topals Schwanz mit Spucke an und kletterte auf den Jungen. Patrick zog sich in die Küche zurück.

Er hörte ein Geräusch, das dem Grunzen eines von Staupe befallenen Hundes ähnelte. Dann nichts mehr. Die Stille beunruhigte ihn mehr als das Grunzen. Als religiöser Mann, fast mehr als ein Laie in der Schul seines Vaters, war Patrick kein Spanner. Aber was konnte Odile bloß mit dem Jungen tun? Er kam aus der Küche. Topal schlief auf einem Kissen (er hatte für diesen Monat sein Vergnügen gehabt). Odile konnte ihn nicht darum betrogen haben; auf seinem Gesicht stand eine beseligte Röte. Die kleine Goie saß auf dem Bett, ohne Topals Schlaf zu stören. Sie hatte ihr Kleid wieder an.

Die Seide auf ihren Beinen machte Patrick melancholisch. Er war ein Ire, der die Thora in seinen Armen trug. Konnte er der kleinen Goie nahetreten? Ihr Geld anbieten? Sie hätte gesagt, er sei in der Rechnung der Guzmanns inbegriffen. Er war ein Heuchler, der Papa Vorträge über die Sünde gehalten hatte, die es bedeutete, Unzucht in einer Schul zu treiben. Er hätte Odile bedenkenlos im geheiligten Schrein seines Vaters versteckt und sich nach den Gebeten zu ihr hineingezwängt. Er hätte Hughie aus dem Fenster der Kapelle geschleudert, wenn der Rabbi seine Rechte auf das Mädchen in Zweifel gestellt hätte. Und jedem der Ältesten, der sich einmischte, hätte er den Kopf abgerissen. Patrick würde seine Konkubine behalten oder die Schul schließen.

Der Wahnsinn seiner Gelüste jagte ihm Angst ein. »Jesus«, sagte er. »Ich gehe jetzt.«

Odile kam in die Küche. Sie flirtete nicht mit ihm. Sie schälte sich nicht aus ihrem Kleid. Sie steckte ihre Hand nicht in Silvers Tasche. Er sperrte sich gegen sie, St. Patrick aus der Schul an der Bethune Street.

»Erzählen Sie, wie Sie die Braut des Fuchses geworden sind.«

»Wer sagt, daß ich seine Braut bin?«

»Papa. Ist das eines der Märchen der Guzmanns?«

»Nein. Aber es war eine lausige Hochzeit. Ich mußte sechs Leute heiraten. Das war Zorros Idee.«

»Ein schöner Fuchs. Wollte er Sie in Stücke brechen wie Jerónimos Schokolade? Jeder Guzmann bekommt einen Riegel. Schade, daß sie Sie nicht durch sieben geteilt haben. Dann hätte ich auch meinen Anteil bekommen können.«

»Seien Sie nicht albern«, sagte sie. »Die Guzmanns hatten kein Interesse an einer Frau. Zorro hat Trauscheine gesammelt. Der Pfarrer war völlig bematscht. Er hatte keine Kirche. Er mußte uns in der Kapelle eines puertoricanischen Bestattungsunternehmens trauen. Zorro dachte, die Guzmanns könnten nicht ausgewiesen werden, wenn die gesamte Familie mit einem amerikanischen Mädchen verheiratet war. Ich habe die Trauscheine mit verschiedenen Namen unterschrieben. Dem Pfarrer war das egal.«

»Mrs. Guzmann«, sagte Patrick. »Mein Glückwunsch.«

Sie sah ihn schmollend an, während sie die Bänder ihres Kleides löste. »Nennen Sie mich nicht so. Ein Mädchen kann keine sechs Ehemänner haben. In New York ist das illegal. Außerdem bin ich minderjährig. Ich war siebzehn, als die Guzmanns mich geheiratet haben.«

Der Logik ihrer Argumentation konnte Patrick nichts entgegensetzen, und zur Tür kam er auch nicht. Sie fing ihn in ihrem Kleid ein. Das Gewicht ihres Busens auf seinem Unterhemd ließ seine Knie weich werden. Er sank in Odile, vom Hals abwärts taub. Er wollte nichts lieber, als für den Rest seines jämmerlichen Lebens die kleine Goie umarmen, ihre Nippel an seiner Brust spüren und auf Gummistelzen stehen.

9

In Patricks Familie hatte das Junggesellentum Tradition. In den letzten hundertfünfzig Jahren hatte kein Silver in Irland oder in Amerika vor dem fünfundvierzigsten Lebensjahr geheiratet. Murray Silver hatte seinen Schrein 1906 aus Irland hergebracht, als zweiundzwanzigjähriger Junge. Er hatte sich fünfundzwanzig Jahre für seine Synagoge abgerackert, ehe er sich eine Frau suchen konnte. Er war der Vorsteher der Bethune Street, und er verachtete Knausrigkeit an Synagogen. Die Gemeinde Limerick sollte eine anständige Markise, rotes und blaues Glas und ein Winterzimmer für die Unglücklichen haben, die um den Abingdon Square herum lebten.

Er heiratete Enid Rose, eine achtzehnjährige Waise, die das Brot in die Schul brachte. Das war 1931. Sie war ein sinnliches Mädchen mit Hüften, die sich durch ihre vielen Röcke abzeichneten (Patricks Vater hatte Enid im Winter kennengelernt), und mit einer Zunge, die den Kuß eines Kirchenvorstehers entgegennehmen konnte. Murray ging auf die Fünfzig zu. Seine Haltung war gebeugt, weil er ständig die Leiter der Synagoge rauf- und runterkletterte, um die Decken zu schrubben und Stücke im Buntglas zu ersetzen. Seine irischen Glaubensgenossen dachten, eine junge Braut würde ihn umbringen. Sie rieten Murray, sie langsam zu nehmen. Murray sagte pah! und verausgabte sich an Enid.

Die Ältesten der Schul erschraken über die Handschrift der Leidenschaft Murrays. Sehr bald war das Mädchen schwanger. Die alten Männer beteten zu Gott, daß sie in ihrem Leib nicht eine Waise austragen müsse. Die Ältesten täuschten sich in Murray. Er überlebte Patrick Silvers Geburt. Doch Enid zog sich eine Erkältung zu, die auf ihre Lunge übergriff. Sie wurde begraben, ehe Patrick beschnitten werden konnte.

Der Junge wuchs auf den Stufen der Synagoge auf. Seine Nahrung kam aus einer dunklen Flasche. Er nukkelte in den Kings of Munster Guinness mit seinem Papa. Während Murray die Decken schrubbte, schlief Patrick mit einer Jarmulke über dem Gesicht in den Kirchenstühlen. Im Winterzimmer bekam er gemeinsam mit den Bettlern vom Abingdom Square seine Suppe. Mit Murray, der nach Enids Erkältung seine Einrichtung und seine Wohnung aufgegeben hatte, lebte er im Keller. Die Synagoge war Patricks neue Mama. Die Ältesten waren ihm Onkel und Tanten. Und als Kinderkrippe hatte er die Kings of Munster.

Murrays Lebenskraft ließ nach. Er konnte die Synagoge nicht mehr allein unterhalten. Er stand auf der Leiter und träumte von seiner Braut. Patrick mußte die Schul kehren. Er lernte, Splitter aus einem Fenster zu entfernen, im gesprungenen Glas zu stöbern, ohne sich die Finger zu zerschneiden. Er bereitete eine nahrhafte Suppe für die bärbeißigen Bettler zu, die es als Anschlag auf ihre Würde empfanden, sich von einem Neunjährigen verpflegen zu lassen. Patrick, der mit Guinness großgezogen worden war, besaß die Kraft, mit ihren gemeinen Blicken fertig zu werden. »Meine werten Herren, es gibt Pisse oder Haferschleim«, pflegte er zu sagen. »Sucht es euch aus.«

Ein paar Jahre später spielte es keine Rolle mehr, um wieviel ihm die Bettler zahlenmäßig überlegen waren. Mit zwölf war Patrick gute ein Meter achtzig groß. Er trug ein schwarz-rotes Unterhemd (Murray hatte die Farben des Colleges von Cork auf seinem Weg aus Irland mitgehen lassen). Die Bettler lernten, den Schädel auf

Patricks Hemd zu respektieren. Wenn sie im Winterzimmer Krawall machten, dem Nachbarn Suppe ins Ohr bliesen, packte der Junge sie in Zweier- oder Dreierbündeln, rollte sie die Treppe runter und ließ sie auf dem Bürgersteig liegen. Außerdem beschützte er seinen Vater vor der Zugluft im Keller; er packte den Vorsteher der Synagoge in dicke Pullover und zwei Paar Socken. Murray lag jetzt nur noch im Bett, murmelte Enid, Enid Rose, und fiel in die Zeiten von 1931 zurück, als er mit der Pietät eines Wahnsinnigen Enid und die Thora ausgewikkelt hatte. Er siechte weitere zehn Jahre dahin und starb 1954 als Siebzigjähriger.

Jetzt war Patrick an der Reihe, sich eine Ehefrau unter den Nagel zu reißen. Mit zweiundvierzig entschloß er sich, sein Junggesellentum früher als sein Vater hinter sich zu lassen. Doch seine Werbung ging ins Aus. Das Mädchen, das er heiraten wollte, war bereits eine Braut.

Er konnte sich nicht gegen seine Arbeitgeber stellen, die Guzmanns aus Manhattan, Lima und der Bronx, die ihre Namen auf Odiles Trauscheinen besiegelt hatten. Da jedoch von ihm erwartet wurde, daß er Jerónimo, Topal und Alejandro in der Jane Street ablieferte, ergaben sich für ihn Gelegenheiten bei der kleinen Goie. Er brachte ihr eine gelbe Rose mit widerlichen Stacheln mit, Schals aus der Orchard Street, eine Charlotte Russe, Servietten und Platzdeckchen, die am Valentinstag hätten ankommen sollen, und Schokolade, die mit Heilsäften gefüllt war und die selbst Jerónimo ihr nicht wegessen konnte.

Der Ire mußte verrückt sein. Ein solches Sortiment an Geschenken hatte Odile noch nie gesehen. Obwohl sie Patrick schalt, ihm die Servietten in das Unterhemd steckte und seine Charlotte Russe weiterverschenkte, war die kleine Goie geschmeichelt. Niemand sonst war je auf die Idee gekommen, auf altmodische Weise um sie zu werben. Sie lag gern mit Patrick Silver auf dem Küchenfußboden, während eins von Papas Babys in ihrem Bett schlief.

Heute morgen war Jerónimo dran. Sie lag neben Patrick, der Ventilator surrte im Fenster, und sie hörte, wie Jerónimo durch die Nase atmete. Sie hatte Bettzeug auf dem Linoleum verteilt, damit sich Patrick nicht die Knie verschrammte. Das Bettzeug wurde im Augustwetter feucht. Die grandiosen weißen Haare auf Patricks Brust fühlten sich so schlüpfrig an wie Tang.

»Ire«, sagte sie, »du fickst wie Manfred Coen.«

Patrick wollte sich nicht über einen toten Bullen unterhalten. Er wußte, daß Isaac mit Vorliebe mit Coen am Angelhaken fischte, seinen Engel in verbotene Territorien schickte, aber Patrick konnte sich nicht vorstellen, wieso Coen ausgerechnet in Odiles Bett gelandet war. Er schöpfte daraus keinen Argwohn gegen Odile. Er hatte Verständnis für ihre Erwerbstätigkeit, für ihre Karriere bei Zorro und anderen Zuhältern. Er hatte die Absicht, das Hurenkind zu heiraten. Wenn es sein mußte, würde er sie dem Fuchs abkaufen. Patrick war kein dämlicher Reformator. Er wollte Odile von der Straße holen. Das war es. Das Alter der kleinen Goie war nicht unziemlich. Neunzehn? Sie konnte im Keller einer Synagoge aufwachsen und für nur einen Mann huren, für Patrick Silver.

Seine Hingabe fing an, sie zu ängstigen. Sie schmiegte sich an seine Brust und hätte jede seiner irischen Schrullen befriedigt, wenn er es gewollt hätte, sogar in Guiness gebadet, aber sein Gefasel über Synagogen und Bräute hielt sie nicht aus. Die Guzmanns hatten ihr das Thema Heirat verleidet. Patrick wollte nicht mit seinen Brautgesängen aufhören. Um ihn abzukühlen, erzählte sie ihm von ihren Eskapaden mit Herbert Pimloe, Wiatt Stone

(Odile mußte ein bißchen lügen), Zorro, ihrem Onkel Vander und Coen.

Patrick konnte ihr nicht zuhören. Eine Reihe von Wimmerlauten drang aus dem Schlafzimmer. Jerónimo wachte auf. Die Geräusche klangen nicht nach Hungerqualen. Patrick stieg in seine Hose. Er nahm an, daß sich das Baby außerhalb der Synagoge einsam fühlte. Er sah ins Zimmer: Jerónimo lag mit den Knien im Gesicht auf Odiles Bett. Patrick verstand seine gepeinigte Lage nicht. Jerónimo kreischte jetzt. Odile rief aus ihrem triefenden Bett: »Hat er seine Faust verschluckt?«

Das Baby hatte sein eigenes Repertoire an Lauten. Patrick kannte die meisten. Er konnte unterscheiden, wann Jerónimo am Verhungern, krank oder schläfrig war. Doch dieses Kreischen verdutzte ihn, bis er die Melodie dahinter entdeckte. Jerónimo machte die Sirene eines Feuerwehrautos nach. Er hatte unglaubliche Ohren. Er konnte ein Geräusch auf zehn Straßen bestimmen, ein Feuerwehrauto in der Houston Street begleiten. Patrick rührte sich erst, als er das gleiche Kreischen vor dem Fenster hörte. Er zog seine Socken schneller an, als Jerónimo zwinkern konnte. Er küßte Odile nicht, und er strich Jerónimo auch nicht über den Kopf. Patrick hatte keine Zeit für kleinere Leidenschaften. Er murmelte: »Esau, steh mir bei«, und rannte die Treppe runter.

Die Schul stand in Flammen. Rauch drang aus den Dächern. Die Mauern knisterten. In den Buntglasfenstern zeigten sich Ritzen. Patrick drängte sich durch die Menge, die sich in der Bethune Street versammelt hatte, um die Synagoge brennen zu sehen. »Bahn frei, Leute!« Die beiden Feuerwehrwagen, die an der Kreuzung standen, rührten sich nicht. Ein vereinzelter Feuerwehrmann schwankte dicht vor der Schul auf der ausfahrbaren Leiter des Feuerwehrautos und stieß mit einer Spitzhacke aus Metall gegen die Fenster des Betraums. Andere Feuerwehrmänner rollten enorme Längen Schlauch ab. Die Schläuche führten nirgends hin. Sie schlängelten sich zwischen den Beinen der Feuerwehrleute und rieben sich am Rinnstein. Einer der Feuerwehrmänner sagte etwas über den Wasserdruck im Juli.

»Der Trottel weiß noch nicht mal, welchen Monat wir haben«, murmelte Patrick vor sich hin. Ein Leiter des Einsatzes war nicht auffindbar, aber Patrick fand die Guzmanns und Rabbi Prince hinter dem zweiten Feuerwehrauto. Jorge lag auf seinem Krankenhausbett.

»Um Gottes willen, was ist passiert?«

Papa hatte eine schmutzige Nase. »Wer weiß das, Ire? Das Feuer ist nicht aus unserem Zimmer gekommen. Es hat im Keller angefangen. Noch ein paar Minuten, und Jorge wäre der Rauch aus dem Arsch gekommen. Wo ist das Baby?«

»In Sicherheit, Moses. Er spielt mit Odile.«

Patrick wandte sich an Rabbi Prince. »Hughie, was hast du rausgeholt?«

»Nichts außer Jorge Guzmann. Und damit hatten wir schon reichlich Schwierigkeiten.«

»Der Schrein meines Vaters«, sagte Patrick mit grimmigem Blick. »Habt ihr den in der Schul gelassen?«

»Ich habe nur ein Paar Schultern, Patrick Silver, und die sind krumm. Für Jorge und den Schrank war nicht genug Platz auf meinem Rücken.«

Warum stand er hinter einem Feuerwehrauto und fragte Moses und Hughie aus, wenn der Schrank in der Schul stand? Hughie konnte die Wahnsinnsgedanken unter Patricks buschigen Augenbrauen lesen. »Jesus Christus, ich bin ab und zu ein Rabbi. Hätte ich den Schrein nicht gerettet, wenn ich gekonnt hätte?«

Aber Murray hatte einen starrköpfigen Jungen. Patrick riß einem Feuerwehrmann den Asbestmantel vom Rücken. Andere Feuerwehrleute schrien ihn an. »He, du Arschloch, da kannst du nicht rein!« Patrick hob sie aus dem Weg. Mit dem Mantel über dem Kopf wie einem Gebetsschal mit Schößen und Ärmeln stürzte er in die Schul und schloß die Tür hinter sich. Die Hitze schlug ihm in die Nase, und er stolperte weiter. Patrick sah absolut nichts.

Rauch quoll durch die Synagoge und verbarg die Treppe. Er fraß sich in Patricks Lunge, bis sein Speichel eine eklige Farbe annahm und er einen Druck in den Ohren spürte. Die röstenden Dielen fraßen an seinen dunklen Socken. Er mußte sich auf den Zehen vorarbeiten. Bei jedem Schritt zerriß es ihm die Brust. Die Tür war nur wenige Zentimeter hinter ihm.

Dann schlang er sich die Schöße des Asbestmantels um die Arme und ging durch den Rauch. Patrick hätte schwören können, daß er seine Haut im Feuer verlor. Er roch sein eigenes gekochtes Fleisch. Er war an der Treppe angelangt. Die Geländer brannten lodernd. Er mußte vornübergebückt klettern, um sich nicht zu entflammen.

Patrick konnte nicht mehr weit vom Gebetsraum weg sein. Er hörte Glas zerspringen. Er mußte im Winterzimmer sein. Er versank in Matratzen auf dem Fußboden. Seine Füße verfingen sich in den Decken und Kissenbezügen der Guzmanns. Patrick trat sie mit einem Schlenkern seiner Strümpfe zur Seite. Auf seinen Lippen backte die Spucke zu einer Kruste, während er nach der Tür zur Kapelle tastete. Er war in einem anderen Raum. In Hughies Arbeitszimmer? In der brüchigen Toilette der Schul? Patrick fand sich wieder zurecht: Seine Knie stießen gegen einen Betstuhl. Wenn er an den Betstühlen vorbei und fünfzehn Schritte nach Norden ging, umging er das Lesepult und würde direkt gegen den Schrein prallen.

Doch seine Berechnungen ließen ihn im Stich. Er mußte im falschen Winkel abgebogen sein. Er hatte sich im Gebetsraum verlaufen und kratzte am Holz. Der Rauch hatte ihn seiner Sinne beraubt. Er suchte nach den bleigefaßten Fenstern seines Vaters, diesem Glasdickicht in der Nordwand. Sein Feuerwehrmantel bekam Sprünge. Die Ärmel waren kaputt. Das Asbest um seinen Schädel gab ein gemeines Krachen von sich. Ein übelriechendes, schwelendes Gas schwamm in der verbrauchten Luft herum. Es drang in Patricks Augen, Nase und Lunge und setzte sich an den Säumen seines Mantels ab. Sein Haar fing stellenweise Feuer. Er taumelte vorwärts und rückwärts und schlug auf seinen eigenen Kopf ein. Er sah, wie eine winzige Flamme an einem golddurchwirkten Lappen hochzüngelte. Das war der irische Vorhang, der über der Tür des Schreins hing. Patrick hopste wie ein Verrückter, und sein Skalp stand in Flammen, aber er hatte den Schrein aus Bagdad gefunden.

Vor der Schul sagte Rabbi Prince Kaddisch für Patrick Silver. Er hatte in ganz Amerika noch keinen feuerfesten Iren kennengelernt. Es mußte einen verrückten Engel geben, der an der Mauer der Kapelle kauerte, in Elias Stuhl, einen Engel, der mit Leidenschaft Kirchen und Synagogen niederbrannte. Welcher der Engel in der Mischna und der Gemara war ein Brandstifter?

Die Guzmanns standen neben Hughie und murmelten ihre eigenen Gebete. Sie wußten, wie man um einen Angestellten trauert. Der Ire war von Moses engagiert worden. Er hatte Jerónimo gehütet, Papas anderen Jungs Freundlichkeit entgegengebracht, sie zu der kleinen Goie geführt und alle Guzmanns (bis auf den Fuchs) in seiner Schul verborgen. Selbst, wenn Isaac ihn von der Straße holen sollte, würde Papa Kerzen ins Zuchthaus schmuggeln und sie für Patrick Silver anzünden. Kein Gefängnis konnte die Guzmanns daran hindern, ihre Schuldigkeit zu tun. Sie würden ihren Mitgefangenen vorsingen (auf englisch, spanisch und auf portugiesisch), wie tapfer sich Patrick im Krieg mit Isaac dem Scheißer gehalten hatte. Papa würde keine Gefängnismesse besuchen, ohne Patricks Namen herauszuschreien. So würde der Ire nie in Vergessenheit geraten.

Am Eingang der Schul kam es zu Unruhe. Die Tür war aufgeflogen. Rauch quoll heraus. Die Feuerwehrmänner wußten Erscheinungen, die aus einer Synagoge tanzten, nicht zu würdigen. »Mist«, sagten sie. »Der arme Kerl.« Ein Gespenst taumelte mit einem Schrank auf dem Rükken auf den Bürgersteig. Es bestand nur aus einem Augenpaar, das aus einem geschwärzten Gesicht ragte. Es trug ein zerfetztes Unterhemd. Seine Strümpfe waren eingeschrumpft. Rauch kam aus seiner Stirn.

Die Feuerwehrmänner waren entsetzt. Sie versuchten, das Gespenst in ihre Asbestmäntel zu hüllen. Die Erscheinung wollte sich nicht von Feuerwehrmännern ersticken lassen. Ihre Lippen teilten sich. Die Zähne waren verkohlt. Die Zunge war ekelhaft gelb. »Weg hier«, sagte Patrick. »Ich hab̕ noch was zu tun.«

Fünf Kriminalbeamte platzten in Isaacs Allerheiligstes. Die Krawatten waren aus ihren Krägen gerutscht. An ihren Hemden fehlten Knöpfe. Ihre Halfter hingen schief.

»Der verrückte Patrick ist hier...«

»Er ist angezogen wie ein Nigger, Sir. Mit schwarzen Lumpen.«

»Wir haben ihn erst für einen Rastafari gehalten. Hängt einfach die Sicherheitsbeamten ab. Fast hätte ich den Scheißkerl erschossen.«

»Was will er von uns? Er hat Morris in den Arsch gebissen.«

»Sollen wir den verrückten Patrick in den Keller bringen, Sir? Wir könnten ihn an einen Aktenschrank ketten und ihn fertigmachen.«

Isaac starrte seine fünf Untergebenen an, die in seinem Büro Terror machten. »Geht zart mit St. Patrick um. Ich habe ihn zum Tee eingeladen.«

Von Isaacs Tür her bebte es. Man konnte das Schleifen von Knien auf dem Boden hören. Patrick humpelte mit zwei weiteren Beamten, die an seinen Knöcheln und Rippen hingen, ins Büro. Sein berühmtes Unterhemd hatte keine Ärmel mehr. Der Spalt zwischen seinen Pobacken schauten oben aus seiner Hose raus. Seine Zehen kringelten sich aus den Socken. Er hatte Blut und dunkle Schmiere im Gesicht, wie Ruß von einem Feuersturm.

»Isaac«, sagte er mit einem fremden Arm im Mund. »Gehören diese Kerle zu deiner Feuerpatrouille? Haben sie ein Gebet über das Kerosin gesprochen? Du hättest die Finger von meiner Schul lassen sollen. Wenn ich an deinen Glühwürmchen vorbeikomme, zeige ich dir, wie so was in Limerick gehandhabt wurde. Ich reiß dir den Pimmel aus und schlag ihn dir auf den Kopf.«

Isaac kam hinter den hölzernen Barrieren seines Kommissarschreibtischs raus. »Du Ersatzire. Das einzige Limerick, was du je gesehen hast, war das Schamhaar deines Vaters. Auf dein stinkiges irisches Hemd fällt kein Schwein rein. Du bist in der Nähe der Hudson Street geboren, wie wir alle. Bloß hat dich dein Vater mit ausgedienten Jarmulken gewickelt.«

Patrick wehrte sich gegen die Beamten, die auf seinen Rippen saßen. »Bring noch einmal meinen Vater ins Spiel, und ich schicke dich zu den Würmern, Mr. Sidel.«

»Laßt ihn aufstehen«, sagte Isaac. »Ich hab sein Gefasel satt. Ich erwarte dich, Silver. Jetzt komm schon, steh auf.«

Die Kriminalbeamten, die rittlings auf Patrick saßen, lösten ihren Griff. Er sprang auf und ging Isaac an die Kehle. Die beiden wirbelten mitten im Zimmer herum. Die Bullen in Isaacs Büro konnten nicht glauben, daß ein gewöhnlicher Mann wie Patrick Silver, ein Entsprungener des Gummiknüppeltrupps und der Pförtner einer Schul, es wagte, mit dem amtierenden First Dep zu ringen. Sie stürzten sich auf Patrick Silver, knufften ihn und krallten sich in sein Hemd; verkohlte Baumwollstücke lösten sich von Patrick Silver und blieben an ihren Fingern hängen. Der First Dep schrie sie an. »Haltet euch raus. Patrick gehört mir allein. Jeder von euch Scheißkerlen, der sich einmischt, bekommt es mit mir zu tun.«

Folglich mußten sie von ihm ablassen. Sie steckten ihre Finger in Polizistentaschentücher und sahen zu, wie sich Patrick Silver und der First Dep auf dem Boden wälzten. Sie waren ratlos. Sie wußten nicht mehr, wie sie ihren Chef beschützen sollten. Die Lederspitzen ihrer Schuhe wären durch den Schädel jedes irischen Riesen gedrungen. Aber Isaac gab ihnen kein Stichwort. Ihnen blieb noch, die Tür zuzumachen und den Ringkampf auf einen einzelnen Raum zu beschränken, damit sich die Neuigkeiten nicht im gesamten Präsidium rumsprachen. Die Geschichte von Isaac, der mit mürben Stoffresten im Gesicht auf dem Boden kroch, hätte sich sofort zu den anderen Abteilungen ausgebreitet, wäre durchs ganze Haus gegangen, und jeder Bulle in Manhattan hätte gewußt, daß sich Isaac auf einen Ringkampf mit einem Pförtner eingelassen hatte.

Protokollfragen interessierten Isaac nicht; er hatte einen Daumen in seinem Adamsapfel. Er geriet nicht in Panik, schrie nicht um Hilfe; er war gewalttätige Männer gewohnt. Er hatte sechs Monate an Jorge Guzmanns Seite überlebt, oder etwa nicht? Isaac hatte seinen Anteil an Narben abgekriegt; Kerben in der Stirn von einer Bande hammerwerfender Junkies, einen Fleischknubbel am Kiefer, den ihm ein verrückter Dieb mit einer Drahtschere verpaßt hatte. Isaac hatte gegen die Banditen aller fünf Bezirke gekämpft und es lebendig überstanden. Er würde keinem irischen Riesen unterliegen, der einen leeren Halfter trug, als sei es ein verfluchter Hosenlatz.

Die Kriminalbeamten konnten sich nicht entscheiden, was sie von dem Blut in Isaacs Mund halten sollten. Erstickte der Kommissar gerade? Sie waren zufrieden, als sie sahen, daß Isaac kleine Bröckchen Zahnschmelz ausspuckte. An einem abgebrochenen Zahn konnte ein Kommissar nicht sterben. Dann verbesserte sich Isaacs Position. Mit seinen stahlharten Ellbogen hämmerte er auf Patricks Kinn ein, und Patrick mußte den Daumen aus seinem Adamsapfel nehmen. »Hast du genug, du dummes Arschloch?« sagte er und kletterte auf Patrick.

»Dir stopfe ich Scheiße in die Ohren, ehe ich mit dir fertig bin«, sagte der Ire und schleuderte Commissioner Isaac von seiner Brust. Der Kampf schaukelte ständig auf und ab, Ellbogen überkreuzten sich, und Köpfe schlugen zusammen. Beide waren abwechselnd oben und unten, und ein derart ausgewogenes Gekrabbel verunsicherte die Kriminalbeamten restlos. Niemand blieb Sieger oder Verlierer.

Endlich lösten sich Patrick und Isaac voneinander. Beide lagen wutschnaubend auf dem Boden. Ihre Gesichter waren grimmig, ihre Knöchel blaugerieben. Patricks Hemd hatte sich in seine Bestandteile aufgelöst. Er zupfte sich weiße Haare vom Körper. Isaac inspizierte den Schaden in seinem Mund. »Bringt uns Tee«, knurrte er. Seine Belegschaft kam wieder in Gang. Kriminalbeamte stoben auseinander, um den Teekessel des Kommissars zu holen, seine Lieblingshonigkuchen, Zucker, Löffel und zerbrechliches Porzellan. »Und jetzt macht, daß ihr rauskommt.«

Allein, befreit von dieser nervösen Hühnerbrut, tranken Patrick und Isaac aus blaugemaserten Tassen Tee und Cognac. Sie redeten nicht. Einmal oder zweimal grunzten sie. Isaacs Männer standen vor der Tür und wunderten sich über das lange Schweigen im Büro des Kommissars.

Der Tee war Patrick zu Kopf gestiegen. »Mr. Deputy«, murmelte er, und von seiner Zunge stiegen Cognacdämpfe auf. »Was hast du bloß gegen diese Guzmanns? Die arme Sippe. Zorro willst du schon seit einem Jahr erledigen.« Er schlug mit der Ferse seines Strumpfs gegen den Schreibtisch des Kommissars. »Du solltest dir eine andere Familie vornehmen.«

»Sie haben Manfred Coen ermordet«, sagte Isaac und schnupperte an dem Cognac in seiner Teetasse.

»Alle reden über Manfred Coen«, sagte Patrick, und bei dem Gedanken an Odile und diesen blauäugigen Bullen Isaacs schüttete er noch mehr Tee in sich hinein. Es hieß, die weibliche Bevölkerung New Yorks habe den traurigen, süßen Manfred unwiderstehlich gefunden. Der Tratsch im Präsidium besagte, daß es Frauen die Schlüpfer ausgezogen hatte, wenn Blue Eyes zu lange in der Nähe war. Das Sonderdezernat hatte ihn gern ein- oder zweimal wöchentlich von Isaac entliehen: Coen war sehr gefragt als Leibwächter von Filmsternchen, Politikerinnen und Frauen ausländischer Diplomaten.

Patrick kauerte sich mit angezogenen Knien hin. In Manhattan und in der Bronx gingen Gerüchte um, daß Isaac Blue Eyes den Guzmanns vorgeworfen habe, weil seine Tochter Marilyn verrückt auf Coen gewesen war. Der Kommissar hatte eine Tochter, die ihren sämtlichen Ehemännern davonlief (Patrick hatte gehört, daß sie achtmal verheiratet gewesen war) und sich lieber auf Coens Schoß setzte. Patrick hatte sie früher mehrfach im Präsidium gesehen, eine Tochter, auf die alle Bullen mit Vergnügen Jagd gemacht hätten, wenn sie ihrem Chef nicht so nahegestanden hätte. Ein mageres grünäugiges Mädchen mit Titten. Eine irische Mutter hatte sie auch noch (Isaacs Ehefrau Kathleen, die Immobilienkönigin, lebte seit der Entfremdung zwischen den beiden fast das ganze Jahr über in Florida). Mit Frauen hatte der First Dep kein Glück. Seine Frau, seine Freundinnen und seine einzige Tochter ließen ihn im Stich. Marilyn the Wild war in Seattle, erntete eine neue Saat von Ehemännern und verbarg sich vor ihrem Dad.

»Sag die Wahrheit, Isaac. Hast du den armen Coen wegen der Sache mit Lady Marilyn geopfert?«

Isaac nahm sich ein Stück Honigkuchen und kaute darauf herum. Wenn der alte Esel nicht den Mund hielt, würde er ein zweites Mal mit Patrick ringen. »Wenn du dich so sehr für Coen interessierst, warum hilfst du uns dann nicht, die Guzmanns in die Falle zu locken?«

»Was für ein jämmerliches Anliegen, Isaac. Was macht es für einen Unterschied für dich, ob die Guzmanns tot oder am Leben sind?«

»Sie haben mir einen Wurm in den Darm gesetzt. Ein halbes Jahr lang hab ich ihren Dreck gefressen.«

»Hast du erwartet, daß Papa dich auf beide Augenbrauen küßt? Er hat deine Maskerade durchschaut. Isaac, der in Ungnade gefallene Chef. Der Typ, der Manhattan aufgegeben hat, um in einen Süßwarenladen einzuziehen. Ich war damals nur ein mieser kleiner Polizist, unbedeutend, aber unter der Obhut des First Deputy, und selbst ich konnte nicht glauben, daß Isaac der Reine es über sich bringen könnte, Bestechungsgelder von Spielern anzunehmen. Du warst nur dann groß in Logik, wenn du deine hübschen, kleinen Seekarten über das Innenleben von Verbrechern entworfen hast, als sei es ein Ozean aus Glas, über den du mit deinen Lederschuhen schlittern könntest.«

Patrick wurde die Zunge unter der Nichtigkeit seiner eigenen Worte schwer, aber damit ließ er Isaac noch nicht davonkommen. »Deine Logik stinkt. Du hättest auch ohne deine plumpen Geschichten in der Bronx Urlaub machen können. Aber warum wolltest du eigentlich so unbedingt mit den Guzmanns schlafen? Haben dich Papas behaarte Beine angemacht?«

»Nein«, sagte Isaac. Der Cognac brannte in dem Loch in seiner Backe, das Silver ihm gemacht hatte. Isaac trauerte um seinen verlorenen Zahn. Die wunden Stellen in seinem Zahnfleisch ließen ihn fast vom Teppich abheben.

»Nicht Papa«, sagte er. »Nicht Jorge, nicht Zorro. Mir geht es um Jerónimo.«

Patrick grauste, als er in seine Teetasse sah. »Verdammt noch mal, Isaac. Komm mir bloß nicht wieder mit der alten Geschichte. Ich schreie. Ich pisse dir an die Wände, wenn du jetzt wieder mit dem Lippenstift-Freak anfängst.«

»Jerónimo ist ein Vögele.«

»Ein schöner Vogel«, sagte Patrick. »Er macht sich gut bei Zorros Frau. Soll ich dir sagen, wie oft er schon in ihr Bett gekrochen ist?«

»Du meinst die große Odile? Ich dachte, sie sei mit Herbert Pimloe verheiratet. Dieses Mädchen pennt jede Nacht mit einer Armee. Nenn mir einen Mann, der Odile nicht gefickt hat.«

Patrick scherte sich keinen Furz um das Porzellan des Kommissars. Er hätte in die Teetasse gebissen und Isaac mit den Scherben beschenkt, aber er wollte ihn vom

Thema Odile abbringen. »Haben wir nicht über das Baby gesprochen?«

»Ich bin mir ganz sicher«, sagte Isaac. »Ein Vögele, das verspreche ich dir. Er verstümmelt gern kleine Buben. Was kann man von einer Familie von Zuhältern erwarten?«

»Du irrst dich. Moses hat seine Jungen nicht dazu erzogen, auf einem Dach über Kleinkinder herzufallen. Schließlich ist das Baby in meiner Obhut. Ich kenne seine Gewohnheiten genau. Ich wüßte, wenn er auf den Dächern rumflippen würde.«

»In letzter Zeit sitzt er zu Hause fest. Seit die Guzmanns bei dir eingezogen sind. Das Baby ist schüchtern, wenn sein Vater da ist. Aber das wird nicht anhalten. Die Verrücktheit liegt ihm im Blut. Eine Weile wird er auf seinen Händen sitzen, aber dann sticht es ihn. Wie lange kann man von weißer Schokolade leben? Ich gebe ihm noch eine Woche, und dann macht er wieder Jagd auf kleine Buben.«

Patrick hatte keine Lust mehr auf Cognac aus einer Teetasse. Er hielt sich an einer Ecke von Isaacs Schreibtisch fest und zog sich auf die Füße.

»Was hast du vor, Isaac? Willst du auf jedem Dach einen Zwerg aufstellen?«

»Das ist nicht nötig. Bist du blind? Ich habe so viele Männer in der Hudson Street stehen, daß sie Nadeln vom Boden aufsammeln könnten. Wir ertappen ihn auf frischer Tat.«

»Isaac, aus welchen Fingern hast du dir diesen Scheißdreck gesogen? Warum ziehst du nicht mit deinen Leuten los und steckst noch ein paar Synagogen an, du widerlicher, fetter Sack.«

Patrick floh auf wankenden Fußgelenken aus dem Raum. Der Tee hatte ihn besoffen gemacht. Er kam an einem Labyrinth von Büros vorbei, die gesteckt voll mit den Leuten des First Deputy waren. Sie hatten ein hinterhältiges Lächeln für ihn übrig. »Der verrückte Patrick.« Das waren Isaacs Schlangen. Patrick konnte sie ignorieren. Er grübelte über Wichtigeres nach. Der Chef hatte ihn als Ersatziren beschimpft, einen Jungen von der Bethune Street. Ich bin so irisch, wie das Ekel von Killinane, hätte Patrick ihm sagen sollen. Er hatte sein Irland aus dem Hals einer Guinness-Flasche gesogen, hatte Geschichte und Magie in den Kings of Munster studiert, auf den Knien von Murray Silver.

Isaacs Männer hörten ihn vor sich hin stöhnen. In seinen Augen stand ein eigentümlicher Blick, in den Augen des heiligen Patrick der Synagogen. Seine Lippen bewegten sich mit unglaublicher Geschwindigkeit. Isaac, sagte er, ich weiß von Zauberern, Heiligen und Königen. Brian Boru, der erste König von Munster, er hat die Dänen aus Limerick geworfen, hat ihnen den getrockneten Schwengel eines Stiers um die Köpfe gehauen, bis sie ihre Messer fallen ließen und nach Skibbereen davonliefen. St. Bridget, die Äbtissin von Kildaire, sie hatte mit den wilden Fischern von Dungarvan Unzucht getrieben, um ihre Nonnengemeinschaft vor der Vergewaltigung zu bewahren. Die Hexe von Limerick, ein gräßliches altes Weib, sie hatte einhundertundneunzig Jahre gelebt und ihre Stadt mit Flüchen gestraft, und sie war an einem Niesen gestorben, das ihr die Brust zerriß. St. Munchin, der Hermaphrodit, er hatte Leprakranke nach Irland gebracht und sie mit seiner eigenen Milch gestillt. Murray hatte ihm einmal erzählt, unter den Aussätzigen könnten auch Juden gewesen sein. Wie viele Silvers hatten von Munchins Brust getrunken? Das weiß nur Gott. Patricks Durst auf dunkles Bier hatte er von den Heiligen.

Kriminalbeamte in den Gängen schielten die Stoffetzen

auf seinem Rücken an. Das ist also der Mann, der in Isaacs Löwenhöhle ein und aus geht! Woher hatte er die murmelnden Lippen? Sie wunderten sich über die Kräfte ihres Chefs und redeten sich ein, daß der First Dep St. Patrick als Spion gewonnen hatte. Bisher hatten sie Patricks blaue Augen nicht bemerkt. »Wahrhaftig«, sagten sie. Isaac hatte einen neuen »Engel«, einen zweiten Manfred Coen.

10

Er hätte den Nachmittag in seinem Büro beschließen können, sich von einem Kriecher rasieren und sich die Überbleibsel von Patricks Hemd von seinem Körper lesen lassen können. Der First Dep war nicht penibel. Er konnte mit verbrannter Baumwolle im Gesicht leben. Er hatte genügend Mandarinen und Honigkuchen, um die Büroangestellten zu überdauern, die vor seiner Tür lagerten. Isaac würde heute keine Dokumente unterschreiben. Er hatte eine kleine Wohnung auf der anderen Seite der Bowery. Er konnte seinen Privataufzug benutzen, das Präsidium verlassen und in der Rivington Street ein Bad nehmen und einen frischen Leinenanzug anziehen. Doch Isaac hatte sein Bistum verloren. In der Essex und der Delancey wurde er nicht mehr geliebt. Er rief in der Polizeigarage an. »Wärmt den Chrysler auf, ja? Und schafft meinen Fahrer ran. Er sitzt wahrscheinlich mit seinen Comics auf der Toilette.«

Jetzt, da er First Deputy war, konnte Isaac das Treppenhaus des Präsidiums meiden und andere Kommissare und Bullen umgehen. Er fuhr mit seinem Aufzug in die Garage, stieg in seinen Chrysler und schlug die Tür zu. Die Klimaanlage sog durch seine Kleidung. Seine Schenkel waren noch naß von seinem Match mit Patrick Silver. Er klopfte an die Trennscheibe zwischen sich und dem Fahrer. »Palisade Avenue«, sagte er. »Das ist am Ende der Bronx.«

Isaac ließ sich zu seiner alten Wohnung draußen in Riverdale fahren. Sie gehörte seiner Frau. Kathleen war in Florida und verwandelte Sümpfe in Villenviertel; Isaac hatte die Wohnung für sich. In einem der Schränke würde er einen Anzug finden, ein Seidenhemd mit brokatenen Taschen, eine handgemalte Krawatte, Unterwäschegarnituren.

Der First Dep herrschte über ein Königreich von fetten und mageren Bullen; er konnte Chefinspektoren zu Streifenpolizisten herabstufen, eine ganze Abteilung hochgehen lassen, einem Mann die Waffe wegnehmen, seinen eigenen Trupp an »Engeln« striegeln, die Guzmanns ausrotten, aber er war dennoch ein Sklave der Centre Street. Er war vierundzwanzig Stunden am Tag im Dienst, wie der schmuddeligste Assistenzarzt im Bellevue. Er hatte ein automatisches Funkgerät am Gürtel, das ihn ins Präsidium zitieren konnte oder den Kontakt zum PC herstellte. Wenn er nach Riverdale kam, würde er das Ding unter ein Kissen stopfen und in Kathleens Wanne klettern.

Er hatte kein Mitleid mit dem großen Iren. St. Patrick hätte die Guzmanns nicht in seine Schul zerren sollen. Isaac betrieb seinen Job im Präsidium nicht als Hobby. Er würde jedes der Nester der Guzmanns in Manhattan ausräuchern. Dem First Dep konnte man nicht anlasten, Feuer gelegt zu haben. Isaac hatte nur einem seiner Spitzel (Martin Finch gehörte einer Bande von Pyromanen aus Cobble Hill an) einen Tip gegeben, daß die Synagoge eine ideale Feuerfalle war, sehr gefährdet und ohne Notausgang. »Sie fällt bald zusammen, Martin. Ein Streichholz im Keller, ein Hauch von Kerosin, und gute Nacht. Sei aber vorsichtig. Der Pförtner ist ein irischer Riese. Du erkennst ihn an seinem weißen Haar und seinen stinkigen Füßen. Warte, bis er spazierengeht. Drinnen hockt eine Familie von Idioten. Du kannst ihnen die Nasen verkohlen, aber ich will keinen Scheiterhaufen. Keine Kremationen, hörst du? Sieh nur zu, daß sie ihre Ärsche auf die Straße bewegen.«

Der Portier in der Palisade Avenue salutierte vor dem First Dep. Isaac war die Berühmtheit des Hauses geworden. Die Portiers hatten Artikel über ihn in der *New York Post* gelesen, Artikel, die erklärten, Isaac sei der aufgeweckteste First Dep, den die Stadt je gehabt hatte: Er hält Vorlesungen am John Jay College, er treibt Verbrecher in die Enge, er spielt Schach.

Er fand einen Büstenhalter und ein aufgeschlagenes Taschenbuch auf Kathleens Parkettfußboden vor. War ein Einbrecher im Haus, ein Verrückter, der an Büstenhaltern schnupperte, während er die Habe sortierte? Isaac hatte eine Pistole bei sich, aber mit der würde er nicht einem armseligen Jungen in einer Maisonette-Wohnung vor der Nase rumfuchteln. Auch nicht die Schränke in zwei Stockwerken durchsuchen. Er schaltete die Lichter ein. Über Kathleens Lieblingssofa war eine karierte Hose drapiert. Der Junge hatte ein eigentümliches Markenzeichen: Er arbeitete in seiner Unterhose.

»Komm raus, du Sau, egal, wo du bist. Ich bin Bulle. Sonst muß ich dich an den Ohren rausziehen.«

Der Einbrecher sprang aus Kathleens Schlafzimmer; er drückte sein Hemd, seine Krawatte, die Socken und die Schuhe an sich. Es war ein Mann von sechzig oder fünfundsechzig Jahren mit dunkelgrauen Koteletten und einem kleinen Bauch. Isaac erkannte ihn. Es war Miles Falloon, einer von Kathleens zahlreichen Partnern. Er schnappte sich die Hose vom Sofa, ehe Isaac Hallo sagen konnte.

»Schon gut, Miles. Ich wollte nur baden und mich umziehen. Geh wieder rein.«

Doch Falloon war verschwunden. Isaac zückte die Achseln und fing an, sein leichtes Sommerjackett aufzuknöpfen. Kathleen beobachtete ihn von der Schlafzimmertür aus. Die Immobiliengöttin war fast zweiundfünfzig. Die Sümpfe von Florida hatten ihrer irischen Schönheit nichts anhaben können. In ihrem purpurnen Bademantel wirkte sie wollüstig. Keine Frau, die Isaac kannte, Mädchen, die zwanzig Jahre jünger als Kathleen waren, hatten eine solche Furche zwischen den Brüsten wie Kathleen. Sie war wie eine Wunde unter ihrer Kehle, eine verletzbare Hautstelle zwischen ihren Brüsten, die Isaac nach siebenundzwanzigjähriger Ehe noch wahnsinnig machen konnte.

Isaac war mit neunzehn Bräutigam, mit zwanzig Vater gewesen. Er hatte die irische Schönheit in einem Maklerbüro am Echo Park kennengelernt, als er noch ins College ging und eine billige Wohnung in Washington Heights suchte. Kathleen hatte mit ihrem kleinen College-Knaben eine Immobilientour unternommen und in einer leeren Wohnung nach der anderen mit ihm geschlafen. Isaac hatte angenommen, er sei für Kathleen ein Amüsement, ein Zeitvertreib mit einem Stiernacken, ein anonymer Junge, den sie sich während ihrer Arbeitszeit hielt. Aber sie gab ihm keine Wohnung. Der kleine Junge mußte bei ihr einziehen. Er heiratete Kathleen in der Kirche von Marble Hill, Isaac, der skeptische Jude, 1948 Stalinist, ein Junge, der an die Macht der Geschichte und an die erotischen Wahrheiten seiner vierundzwanzigjährigen Frau glaubte.

»Wo ist dein Schätzchen?« fragte sie; sie blieb in der Tür stehen.

Mußte er ihr erzählen, wie Ida Stutz ihn wegen eines Buchhalters mit Plastikärmeln versetzt hatte? Kathleen konnte in den Sümpfen nichts von Ida gehört haben. Bei seiner Frau rückte der Chef nicht mit der Sprache raus. »Ich habe viele Schätzchen«, sagte er. »Von welchem sprichst du?«

»Von Manfred Coen.«

»Blue Eyes? Er ist tot.«

»Warum trägst du dann keine Trauerkleidung?«

Isaacs Bewegungen wurden fahrig. »Ich habe ihn nicht umgebracht. Es war eine Scheißfamilie ... die Guzmanns. Sie hatten einen Killer, Chino Reyes. Manfred hat ihm mal eine geschmiert. Der Killer hat sich revanchiert. Er hat Manfred mit einer gestohlenen Knarre umgelegt.«

»Wo warst du, als es passiert ist, Prinz Isaac? Du bist der heiligste Bulle weit und breit. Hättest du Manfred Coen nicht retten können?«

»Es war ein Unfall, Kathleen. Ich war ganz in der Nähe.«

Kathleen trat aus der Türöffnung und musterte Isaac prüfend. »Dreckskerl«, sagte sie. »Ich kenne dein fieses Vokabular. Du bist immer *ganz in der Nähe*, wenn du eine gute Ausrede brauchst. Was zum Teufel tust du hier? Ich habe keine Anstandsdame bestellt. Wer hat dich gebeten, meine Freunde zu erschrecken?«

Isaac brachte mühsam das Wort *Florida* raus. »Ich dachte, du seist in den Everglades.« Er erzählte Kathleen von seinen Gelüsten, in ihre Wanne zu krabbeln. »Ich bin bei der Arbeit zerschunden worden. Dieser verrückte irische Jude hat mich in meinem Büro gestellt. Er wäre mit meinem Kopf unter dem Arm nach Hause gekommen, wenn ich mich nicht gewehrt hätte.«

»Schau dich an«, sagte sie. »Gott segne den irischen Juden. Ich würde mich gern bei ihm dafür bedanken, daß er dir Kohlenstaub ins Gesicht geschaufelt hat.«

»Das ist kein Kohlenstaub«, sagte Isaac finster. »Es sind Fusseln von Patrick Silvers Hemd. Dieser Verrückte ist aus einem Feuer gekommen, um mit mir einen Ringkampf zu machen.«

Er spürte Finger in seinem Jackett. Kathleen zog ihn

aus. »Runter mit dem Zeug«, murrte sie. »Worauf wartest du noch? Willst du nicht mehr baden?«

Sie gingen einen Stock tiefer zu Kathleens Superwanne. Isaac nahm seine Waffe und seine verdreckten Kleider mit. Kathleen stopfte die Kleider in ihren Wäschekorb. Isaac kletterte über den hohen Rand der Wanne. Kathleen hatte keine Verwendung für einen Ehemann, aber deshalb konnte sie trotzdem den strammen Sitz von Isaacs Hintern bewundern, das Fleisch, das wie ein nachgiebiger Panzer von seinem Rücken abstand. Sie war mit dem jüdischen Bären zusammengewesen, bis ihre Tochter ins College gekommen war.

Dann hatte sie sich nach Florida abgesetzt, und mit einer Grundstücksmaklerfirma, die neun Chefs hatte (alle acht anderen waren Männer), hatte sie eine Bresche in die Everglades geschlagen und auf den trockengelegten Sumpfstellen Rentnersiedlungen hochgezogen. Die Angestellten in ihrem Hauptsitz in Miami hatten gewaltigen Respekt vor Kathleen. Sie verachteten ihre Partner und hielten sie für kleine Lichter. »Die Frau hat was drauf«, tuschelten sie untereinander. Nach ihren eigenen Berechnungen war Kathleen eineinhalb Millionen schwer.

Isaac saß in einer Wasserpfütze: Kathleen schüttete Badeöl auf seine Knie. Ihre Brüste hüpften unter dem Bademantel. Isaac deutete an, sie solle zu ihm in die Wanne kommen. »Nichts zu machen, du geiler Bock«, sagte sie. »Ich muß in einer Stunde am Flughafen sein. Ich nehme kein Bad mit dir.«

Der Bär wurde hungrig. Sein Schwanz hob sich aus Kathleens Schaumbad. Sie schüttete mehr Öl auf ihn. Kathleen würde nicht mit ihrem eigenen stämmigen Ehemann in einer Badewanne huren, solange ihr fünf Millionäre nachliefen, Männer aus Florida ohne Narben von mordlustigen Hämmern, Messern oder Gewehrkolben auf ihren Körpern.

»Marilyn hat sich von ihrem neuen Mann getrennt«, warf sie Isaac an den Kopf. Die Information traf ihn unvorbereitet. Sein Schwanz sackte unter das Wasser. Seine Augen waren grimmig.

»Wer hat dir das erzählt?«

»Sie hat mich in Miami angerufen. Ich habe sie gebeten, mich zu besuchen. Ich habe ihr das Geld für das Ticket überwiesen. Aber sie hat sich nie blicken lassen.«

»Warum hat sie ihren Vater nicht angerufen?«

»Sie fürchtet sich vor dir. Vier Ehemänner in sechs Jahren. Wenn das kein Rekord ist. Jedenfalls ist es deine Schuld. Sie hat Coen geliebt. Und du hast ihn ihr nicht gelassen.«

»Coen«, sagte Isaac und klatschte mit einer Hand aufs Wasser. »Ich habe Blue Eyes nicht aus ihrem Bett geholt. Aber sie ist heiratswütig, dieses Mädchen. Coen hat für mich gearbeitet, erinnerst du dich? Ich wollte in meinem Büro keinen Schwiegersohn am Hals haben. Manfred war schön, aber er hatte Schwierigkeiten, seinen Namen zu buchstabieren. Er war eine Waise. Waisen sind nicht langlebig. Er wäre so oder so gestorben.«

»Dazu brauchte er nicht auch noch einen Stoß von dir, Prinz Isaac.«

Der Chef konnte sich nicht mit Kathleen streiten. Er hatte einen Wurm im Bauch: Der Wurm war wieder auf Wanderschaft. Er griff mit schnellen, rhythmischen Bewegungen nach seinen Eingeweiden. Isaac mußte aufschreien. »O mein Gott, heilige Scheiße, dieser Saukerl.« Die Immobiliengöttin blinzelte ihn mit leerem Blick an.

»Isaac, hast du deinen Daumen verschluckt? Was fehlt dir?« Er schlug im Wasser um sich, die Knie über dem Kopf. Er gluckerte Laute heraus, und Kathleen glaubte, ihr Mann sei übergeschnappt. Er hatte einen Anfall. Er wurde blaß. Seine Brustmuskeln bebten. »Wurm«, sagte er. »Würg mich. Muß den Wurm füttern.«

Sie lachte nicht über sein Gerede von Würmern. Der Bär wimmerte jetzt. Dann pfiff er durch die Zähne: »Joghurt, gib mir Joghurt.«

»Isaac, ich habe nichts Eßbares im Haus. Ich bin nur einen Tag im Monat in New York.«

Als sie Isaacs Grimassen sah, lief sie nach oben und sah in die Vorratskammer. Bis auf eine Packung Tee und ein altes Honigglas waren die Regale leer. Sie ging mit dem Glas runter zu Isaac und fütterte ihn mit Honigklumpen. Isaac bebte. Der Löffel konnte ihn nicht schnell genug wiederbeleben. Er schnappte sich das Glas und aß den Honig mit seiner Zunge. Die Blässe war verflogen. Isaac der Tapfere hatte klebrige Backen.

»Soll ich den Portier anrufen und ihm sagen, daß er einen Hühnerknochen bringen soll? Ich könnte auch deine Schnürsenkel in einer Tasse Tee kochen.«

»Das ist nicht komisch«, sagte Isaac. »Ich habe mir bei den Guzmanns einen Bandwurm geholt.«

»Ist das ansteckend, Isaac? Wie ein Syph? Du hättest nicht so intim mit dieser Familie werden sollen.«

»Intim? Diese Scheißkerle haben mich vergiftet.«

Isaac kauerte sich in der Wanne zusammen, bis seine Lippen das Wasser berührten. Selbst der mächtigste Bulle der ganzen Stadt mußte sich die Eier einweichen. Der Chef ging in die Brüche. Sein Volk war von ihm abgefallen. Sein Vater hatte die Sidels verlassen, als Isaac achtzehn war. Seine Mutter war von einer Bande von jugendlichen Verrückten zusammengeschlagen worden. Sie hatte sieben Monate im Koma gelegen und war im Schlaf gestorben, während Isaac bei Papa Guzmann in der Bronx war. Seine Tochter war in Seattle. Marilyn the

Wild zog durchs Land und sammelte Ehemänner und schob sie wieder ab. Sein Engel Manfred war durch ihn gestorben. Isaac hatte Coen in seinen Krieg mit den Guzmanns reingezogen, und er hatte ihn nicht mehr rechtzeitig rausholen können, um den Hals des Engels zu retten. Sein Gönner, Ned O'Roarke, hatte sechs Jahre lang mit einem Tumor in der Kehle auf dem Stuhl des First Deputy gesessen und den Vorsitz über seinen eigenen Tod geführt. Und seine Frau Kathleen zog ihren Anteil an Florida Isaacs Gesellschaft vor.

Der Bandwurm interessierte Kathleen. Die Vorstellung eines winzigen Tieres, das an Isaacs Eingeweiden rupfte, gefiel ihr. Sein Leiden fing an, sie zu erregen. Mit einem zum Schrei verzerrten Mund war er nicht mehr der gar so heilige Bulle. Sie zog ihren Bademantel aus und stieg zu Isaac in die Badewanne. Der Chef schnaubte vernehmlich. Für Isaac waren das die alten Zeiten: der College-Junge, der nur darauf wartete, von seiner irischen Schönheit gestillt zu werden. Er war nie über seine frühen Gelüste hinausgewachsen. Er wäre nach wie vor bereit gewesen, mit seinem Kopf an Kathleens Brüsten zu sterben.

Beide hopsten im Wasser, als sie eine Serie von ekelhaft durchdringenden Blöklauten hörten. Kathleen versuchte, das Geräusch aus ihren Ohren zu schütteln. »Mein Gott, ich bin taub«, kreischte sie. Isaac mußte um ihre Beine herumklettern und nach seinen Kleidern wühlen. Er fand das automatische Funkgerät unter einem Handtuch auf Kathleens Waschkommode. Er schaltete das kreischende, idiotische Ding aus und entschuldigte sich bei seiner Frau. »Tut mir leid. Dagegen ist nichts zu machen. So nehmen meine Leute Kontakt mit mir auf.«

Von dem Telefon aus, das in Kathleens Ankleidezimmer stand, rief er in seinem Büro an. Pimloe nahm den Anruf entgegen. »Isaac, die Guzmanns sitzen nicht mehr auf der Straße.«

»Wohnen sie in einer ausgeräucherten Synagoge?«

»Nein.«

»Herbert, drück dich nicht ganz so unvollständig aus. Wo ist Papa mit seinen Jungen?«

»Sie sind in eine Bar gezogen.«

»In welche Bar?«

»Die Kings of Munster. In der Horatio Street.«

»Herbert, was glaubst du wohl, wie sie dahingekommen sind?«

»Keine Ahnung. Steht Papa auf irischem Whiskey?«

»St. Patrick hat sie eingeschleust, du Schmock. Das ist seine Stammkneipe. Er ist in der Horatio Street groß geworden. Er wird Papa eine Zeitlang mit Guinness durchfüttern.«

»Sollen wir sie ausräuchern?«

»Halt dich da raus, Herbert. Um Papa kümmere ich mich selbst.«

»Keine Sorge, Isaac. Ich habe einen Jungen auf jedem Dach stehen, das mit den Kings of Munster verbunden ist. Das Baby kann sich keinen Zentimeter von der Stelle rühren, ohne daß wir davon erfahren. Jerónimo bekommt Ärger, wenn wir ihn in der Nähe eines Daches erwischen.«

»Gut, Herbert. Auf Wiedersehen.«

Pimloe hatte sich Isaac geweiht. Ohne Cowboy Rosenblatt hatte er seinen Ehrgeiz aufgegeben und lockte Moskitos, Stechmücken und Guzmanns für Isaac in die Falle. Der Chef trat lächelnd ins Bad. Er wollte Kathleen und seine Badewanne. Doch die Immobiliengöttin stand in Bluse und Rock vor ihrem Frisiertisch. »Mein Flug«, sagte sie. »Ich muß jetzt gehen.«

Isaac suchte seine Kleider zusammen und ließ Kathleen stehen. Blue Eyes, Marilyn und Jerónimo warfen Blasen in seinem fetten Kommissarsschädel.

DRITTER TEIL

11

Rabbi Hughie Prince, der den Talmud mit dem exakten Blick eines Glasers las, verkündete, daß jedes Stück Boden mit einem Dach und vier Wänden sich zur Synagoge eignen konnte, solange der heilige Schrein dort beherbergt wurde. Und Patrick Silver hatte den Schrank seines Vaters im Lagerraum der Kings of Munster aufgestellt. Sammy Doyle, der Gastwirt der Kings of Munster, war so gerissen, den alten Juden der Gemeinde Limerick das Beten in seinem Lagerraum zu gestatten. Wenn Patrick Silver seine Schul in eine andere Gegend verlegt hätte, hätten die Kings of Munster schließen müssen. Patrick machte die Hälfte von Sammys Umsatz. Die Iren vom Abingdon Square kamen in Doyles Bar, um mit dem Riesen aus Limerick zu trinken.

Sammy hatte Probleme. Die Guzmanns bereiteten ihm Kummer. Er hatte noch nie von einer Schul mit fünf Dauerlogiergästen gehört. Seine Kunden würden über die Zigeuner reden, die bei ihm wohnten. Sie blockierten den Durchgangsverkehr in den Kings of Munster. Die Bar mußte mit einem stetigen Zustrom an Medizinmännern fertig werden (Papa ließ sie kommen, um Jorges Verbände zu wechseln und über den zerschmetterten Beinen des Jungen zu summen). Aus dem Allerheiligsten drang ein Gestank, der der Bar tagelang anhaftete. Papa briet Hühner im Lagerraum. Die Medizinmänner hatten dieses Hühnerfleischopfer gefordert, um den alten Gott Baal wohlmeinend zu stimmen, den Beschützer der Städte, der einen verkrüppelten Jungen heilen oder ihn in die Gosse schwemmen konnte, ganz nach Lust und Laune.

Der Gastwirt mußte den Gestank dulden. Er konnte Patrick nicht damit belästigen. Silver war in die kleine Goie aus der Jane Street verliebt. Sammy mußte ihn trösten, wenn er in die Bar taumelte und flaschenweise Guinness bestellte. Der Gastwirt kannte ihn, seit er klein war. Alle hatten geglaubt, er würde größer als der alte Riese von Munster werden, Cruathair O'Carevaun, der in einem Wutanfall den Hafen von Cork verheert hatte, nachdem man ihn irgendwann im Jahre 1709 aus einem Matrosenpuff beordert hatte (die Mädchen fürchteten sich vor dem, was Cruathair unter der Hose hatte). Aber der Riese aus Limerick hatte mit zwölf aufgehört zu wachsen. Patrick würde für den Rest seines irdischen Daseins einseinundneunzig bleiben.

Mit Guinness auf der Backe sagte er »Gesegnet sei Gott« und hing trübsinnig in den Kings of Munster rum, die jetzt Synagoge, Bar und Pension waren. Auch er verließ in einem Wutanfall die Kings of Munster. Er wollte versuchen, die Liste von Odiles Freiern drastisch zu verkürzen. Mit einem von Sammys Besen bezog er in der Jane Street Stellung (seinen Shillelagh hatte er bei dem Brand verloren) und schreckte die Männer ab, die mit Blumen und kleinen Geschenken für Odile kamen. Patrick stand Brust an Backe mit Pimloe (Herbert war ein ganzes Stück kleiner als der Riese aus Limerick), und das zweimal täglich. Pimloe tanzte unter Patricks Nase herum und fluchte. »Ich mache Kleinholz aus dir, St. Patrick. Weißt du, wer ich bin? Ich bin Isaacs neuer Zuträger. Ohne Herbert Pimloe kann der First Dep nicht blinzeln.«

»Dann lauf schnell heim zu Isaac, weil ich dich sonst auf offener Straße verdresche, so wahr mir Gott helfe.«

Patrick war in einer Zwickmühle. Er konnte nicht den ganzen Nachmittag in der Jane Street Wache schieben.

Er hatte eine Verabredung in einem anderen Stadtteil. Daher ließ er den Besen auf Odiles Treppe stehen, um jeden Besucher daran zu erinnern, daß er in Gedanken in diesem Haus weilte. Er arbeitete sich nach Osten vor, zu den großen Hotels und schicken Wohnheimen der unteren Fünften Avenue. In seinem kaputten Unterhemd, Stoffetzen, die wie schmutzige Finger auf seinem Rücken schleiften, ging er die Fifth Avenue entlang. Die Leute schlichen sich vor ihm davon, und Kinder zeigten auf den Mann in dem zerfetzten Hemd, der zu arm war, um Schuhe zu tragen.

St. Patrick dachte nicht nur an die kleine Goie. Sein Treffen mit Isaac verwirrte ihn. Ein First Dep hatte es nicht nötig, mit einem ausgeschiedenen Mitglied des Gummiknüppeltrupps zu raufen. Hatte sich Isaac mit ihm auf dem Boden gewälzt, um ihm etwas einzuflüstern, etwas Gehässiges, etwas über Jerónimo? Als er die Vierunddreißigste Straße überquerte, blieb er stehen, um in das Schaufenster einer Herrenboutique zu rufen: »Das Kerlchen ist kein Vögele. Ich will tot umfallen, wenn Jerónimo der Lippenstift-Freak ist!«

Jungen kamen aus der Boutique gelaufen, um den großen Dummkopf in zerlumpten Kleidern anzugaffen. St. Patrick ließ sie stehen. Er arbeitete sich bis zur Fünfzigsten Straße vor und sah sich stirnrunzelnd die edlen Brieftaschen in einem Lederwarengeschäft an. Er zog schlichtere Modelle vor, Brieftaschen, denen ein Kratzer nichts ausmachte, Hemden, die man am Körper auftrug. Er wollte Odiles Onkel aufsuchen, Vander Child, den Engel des Broadway, und sich mit ihm über Odiles Zukunft unterhalten. Seine gesamten anständigen Kleider, Hemden und Anzüge aus seinen Zeiten als Polizist, waren gemeinsam mit der Schul in der Bethune Street draufgegangen. Er wollte sich kein Jackett von Hughie leihen.

Er war der Patrick der Synagogen, der Apostel der Ungeschliffenen. Vanders Pförtner grinste ihn hämisch an. Patrick zog eine Flasche Guinness aus seiner Hose und knackte sie mit den Zähnen. Ohne abzusetzen, trank er die Flasche leer. »Sie können dem Ritter mitteilen, daß sein Neffe Patrick jetzt raufkommt.«

Der Pförtner rief bei Vander an und erzählte ihm von dem Riesen, der unten stand. »Ein ganz mieser Kerl, Sir. Behauptet, ein Neffe von Ihnen zu sein. Er hat schwarze Pisse getrunken und die Flasche auf den Boden geworfen.« Vander kam St. Patrick zum Aufzug entgegen, schüttelte ihm die Hand und führte ihn in seine Wohnung.

Patrick zog die Schultern ein. Er sah Zimmer nach Zimmer voller knochenweißer Möbel, hochbeinige Kommoden, die ihm über die Stirn reichten, niedrige Kommoden, die dreimal breiter als er waren. Er drehte sich zu Onkel Vander um und brachte sein Anliegen vor. Doch das schwarze Bier, der lange Weg und die Sorge um Jerónimo hatten seine zurechtgelegte Rede beeinträchtigt. Sätze sammelten sich unter seiner Zunge und brachen als Brei aus ihm heraus. »... Trauscheine ... Zorro ... ungültige Heirat ... Ehefrau ...«

Vander lächelte. Seine Nichte hatte ihm von St. Patrick erzählt. Der große Tölpel belästigte sie. Er stand vor dem Haus, in dem Odile wohnte, und verjagte mit einem Besen Kunden und Freunde. Niemand außer Papa Guzmanns idiotischen Söhnen und St. Patrick selbst konnte zu Odile vordringen. Mit seiner Hingabe ruinierte er Odile. Sie konnte niemanden in ihrer Wohnung empfangen, sich für keinen Mann ausziehen. Seinetwegen würde sie verarmen.

»Odile will Sie nicht in der Jane Street haben, Mr. Silver. Sie mischen sich in zu vieles ein. Ich glaube, daß sie Sie gern hat, aber sie braucht keinen Großvater. Lassen Sie sie in Ruhe.«

Patrick fand seine Sprache wieder. Er packte Vander am Revers, hob ihn hoch, um auf einer Augenhöhe mit ihm zu sein, und sagte: »Ich bin kein Opa, Mr. Child. Ich bin ein Kerl von zweiundvierzig Jahren. Mein Vater war Gemeindevorsteher, und meine Mutter hat Brot ausgetragen, und ich werde Ihre Nichte heiraten.«

Er kehrte in die Kings of Munster zurück, gab der gesamten Bar eine Runde Guinness aus, schneuzte sich die Nase und gab seine Verlobung mit der kleinen Goie bekannt. Ihre zahlreichen Ehemänner, Papa, Jorge, Alejandro, Topal und Jerónimo, nahmen Patricks Neuigkeiten freudig auf. »Ire, ich kann nicht in Zorros Namen sprechen«, sagte Papa. »Aber meinen Anteil an ihr kannst du haben. Die Goie gehört dir.«

Zur Feier des Tages schob Sammy gefrorene Hamburger in seinen Ofen. »Bei Gott, jetzt wird gegessen.« Papa starrte die schwitzende Kiste mit restloser Verachtung an. Er stellte den Ofen ab und warf alle Hamburger weg. Dann flüsterte er Topal eine Einkaufsliste ins Ohr. Topal holte ein paar Stifte aus dem Hinterzimmer, färbte sich zur Tarnung die Backen und ging mit der Liste seines Vaters in die Wurstfabrik an der Hudson Street.

Während die Iren an der Bar die nächste Runde Guinness tranken, bereitete Papa eine Kasserolle aus Wurst und Bohnen zu. Der Duft des würzigen Schweinefleisches, das in einem Topf schmorte, brachte die Iren, die in den Kings of Munster noch nichts anderes als mickrige Happen und Kartoffelchips geknabbert hatten, fast um den Verstand.

Als Hausherr hatte Sammy das Recht, vor seinen Gästen anzutreten und mit einem großen Löffel in die Kasserolle zu langen. Die Kostprobe der Wurst mit Bohnen überzeugte ihn davon, daß die Kings of Munster ihre Logiergäste nicht ziehen lassen sollten. Die Iren fanden in der schmalen Speisekammer hinter der Bar Servietten und Teller und bedienten sich aus Papas Topf. Sie saßen um den Riesen aus Limerick herum und stopften sich mit Würsten und Bohnen voll.

Patrick rührte die Kasserolle nicht an. Er saß auf einem Barhocker und sah Jerónimo zu, der mit dem Malkasten der Guzmanns spielte. Jerónimo war im Gebetsraum. Er kauerte unter den Türen des babylonischen Schranks und knetete mit seinem warmen Daumen die Wachsmalkreiden. Dann ging er mit den Stiften zu Jorges Bett. Das Baby malte seinem Bruder die Lippen an. Jorge lächelte mit Wachs auf seinem Mund. Das Baby ging besonnen vor. Sein Gesicht straffte sich, als es das Wachs auftrug. Er betrieb seine Kunst mit Leidenschaft, Papas ältester Junge. Von Jorges Lippen ging er zu den Ohrläppchen und Augen über. Nichts an diesem Werk blieb dem Zufall überlassen. Er konnte auf die Unregelmäßigkeiten eines Backenknochens oder einer Augenbraue eingehen. Er malte vollkommene Bögen.

Patrick wandte sich ab. Er hatte den beiden Brüdern nachspioniert und war zu einer häßlichen Erkenntnis gekommen: Jerónimo war der Lippenstift-Freak. Er malte kleine Jungen an und brachte sie um. Patrick war immer ein lausiger Detektiv gewesen. Isaac war der Hexenmeister, nicht Patrick Silver vom Gummiknüppeltrupp. Der Chef konnte jeden Schauplatz eines Verbrechens untersuchen und aus einem Zündholzmäppchen, Blut auf dem Schuh einer Leiche, abgerissenen Kinokarten und Schleim in einem Taschentuch eine Vorgeschichte spinnen. Aber Patrick sah die Glorienscheine um Jorges Augen. Er konnte sich aus dem geübten Strich einer Wachskreide in Jerónimos sicherer Faust eine Geschichte zusammenreimen. Das Baby hatte einen flüssigen Strich. Seine Ellbogen knickten nie ein. Er urteilte einen mit seinen Stiften ab. Er brandmarkte einen und nahm einem das Leben. Jerónimo war der Freak.

Hatte es mit einem Spiel begonnen? Jerónimo brauchte ein fügsames Geschöpf, um seine Kunst zu üben. Einen seiner Brüder oder einen Jungen mit einem Puppengesicht. Auf, auf die Dächer, Hand in Hand. Dem Jungen mußte das Wachs anfangs gefallen haben. Dann wollte er nicht mehr stillhalten. War es das, was Jerónimo erzürnte? Ihn den angemalten Jungen zerlegen ließ?

Patrick suchte die Waffe, die Jerónimo benutzte. Unter den Schätzen der Familie fand er nur stumpfe Gegenstände: Eisspachtel, Plastikpfeifen, Schnürsenkel. Wo war Jerónimos Messer? Patrick mußte in den Gebetsraum kriechen, während die Guzmanns beschäftigt waren und Jorge schlief. Er sah in jedem erdenklichen Versteck nach. Er zwängte seine Knöchel in die Ritzen hinter der babylonischen Lade und konnte sie kaum wieder rausziehen. Er förderte Staubklumpen und eine tote Maus zu Tage.

Patrick gab seine Gänge zu Odiles Haus auf. Er blieb in den Kings of Munster. Er schlürfte schwarzes Bier, behielt Jerónimo im Auge und kümmerte sich um die Angelegenheiten der Schul. Rabbi Hughie hatte eine Sammelbüchse auf der Bar aufgestellt, damit die Schul für die hohen Festtage einen Kantor anwerben konnte. Wenn Patrick Silver da war, mußten die Iren in ihre Hosentaschen greifen und Hughies Kiste mit Dollarscheinen mästen. Hughie verzweifelte trotz der satten Kollekte: Welcher Kantor würde im Hinterzimmer einer Kneipe Kol Nidre singen? Die Schul würde einen Renegaten anwerben müssen, einen Chas'n, dem die Synagogen New Yorks untersagt waren.

In Patricks Kopf war kein Platz für Kantoren. Er wartete auf Jerónimos nächsten Schritt, auf seinen Satz auf die Straße. Das Baby rührte sich nicht. Es hatte seinen Malkasten, seine Brüder, weiße Schokolade, Halva und die Kasserollen seines Vaters. Papa saß in einer irischen Bar fest und hatte nichts zu tun; daher ging er auf Sammys Vorschlag ein, Chefkoch der Kings of Munster zu werden. Die Bar hatte sich eine Schwemme an Essen eingehandelt. Papa beließ es nicht bei Würsten, die unter Bohnen begraben waren. Er ließ sich von seinen Medizinmännern Gewürze und Kräuter in die Horatio Street mitbringen. Er bereitete Gerichte zu, die sich kein Ire hätte träumen lassen. Hühnerfrikassee und Tintenfisch im gelben Reisrand, garniert mit Piment und Seegurken und Oliven; Kammuscheln, die so fein geschnitten waren, daß sie auf der Zunge zergingen; Saucen, auf die man niesen konnte; Abalone in Streifen, die sich wie winzige Fische im Mund kringelten; zehn verschiedene Schweinefleischgerichte.

Papas Speisen zogen Iren aus anderen Bars an. Man fand zu Papas Essenszeiten, von vier Uhr nachmittags bis Mitternacht, keinen freien Hocker in den Kings of Munster. Patrick mußte sich mit beiden Ellbogen einen Weg durch die Bar bahnen, um den Überblick zu behalten; sonst hätte er das Baby im Dunstschleier der Iren aus den Augen verloren. Wenn die Menschenmenge zu dicht wurde, suchte er den Malkasten; er wußte, daß Jerónimo nicht ohne seine Wachskreiden verschwinden konnte. Während die Iren Abalone und Tintenfisch verschlangen, starrte ihn das Baby an, Jerónimo mit einem Malstift im Mund, mit riesigen Augen, mit vor Hitze geschwollenen Ohren, und Patrick mußte schielen oder auf seine Socken schauen.

Ein Dutzend Iren lauerten Patrick eines Nachmittags

auf und nötigten ihn zu einem Ringkampf mit ihnen allen. Patrick nahm sich jeweils vier Iren gleichzeitig vor. Als der letzte gerade an seinem Ellbogen lehnte, verrenkte er durch einen Zufall sein Gesicht zum Gebetsraum. er blinzelte in das Territorium der Guzmanns im Hinterzimmer, Betten, Bündel und freier Boden. Der Malkasten war nicht da. »Gnade mir Gott«, sagte Patrick und schleuderte die Iren von sich. Das Baby hatte sich unter Patricks langer irischer Nase auf die Straße geschlichen. »Wooo isst dass Kindd?« Sammys Kunden flohen in die hintersten Winkel der Bar, als sie Patricks Gebrüll hörten.

Patrick steckte sich Guinness-Flaschen in seine abgetragene Hose, nahm Anlauf und stand mit einem Satz auf der Straße. Wohin zog es ein Baby auf Streifzügen? Die alten Pferdeställe und Fabriken der Greenwich Street waren nichts für Jerónimo. Das Baby würde zur Perry Street oder zur Charles Street gehen, überlegte Patrick. Der Abingdon Square war zu überlaufen, und zu viele Autos hätten einen Jungen vom Bürgersteig schnappen können. Patrick lief zum oberen Ende der Charles Street. Kein Junge war zu sehen. In der Perry Street waren Reisegruppen von Schwulen unterwegs, die sich über einen zerlumpten, unbeschuhten weißhaarigen Riesen lustig machten.

Patrick nahm sich die Bethune Street vor. Eine Kreuzung vor der ausgebrannten Schul sah er Jerónimo mit einem kleinen Knirps von einem Jungen laufen. Der Riese folgte ihnen auf zittrigen Knien. Er konnte nichts Unschickliches an ihrem Gang erkennen (Jerónimo betatschte den Knirps nicht, zog nicht an den Kleidern des Jungen). Er betete zum behaarten Esau, dem unglücklichen Sohn Jakobs und Rebekkas, den Verstand eines Iren aufklaren zu lassen. Der Knirps machte ihm Sorgen. Er trug mitten im Sommer eine Mütze und einen Samtmantel, und einer seiner Knöchel war dicker als der andere. Patrick hatte fünfzehn Jahre lang unter »dicken Knöcheln« gelebt; im Polizeipräsidium waren sie ein gewohnter Anblick. Entweder litt der Knirps an Elefantitis, oder er hatte einen Halfter am Schuh stecken.

Patrick verfluchte seine eigene Leichtgläubigkeit. Der Knirps war ein Lockvogel, den Isaac geschickt hatte, um Jerónimo eine Falle zu stellen und ihn auf die Dächer zu locken. Patrick hatte sich ein übereiltes Urteil über Jerónimo gebildet. Warum konnte Papas Junge nicht in der Bethune Street spazierengehen? Durfte man eine stillgelegte Schul nicht aufsuchen? Der Knirps war hier postiert worden, um Jerónimo zu verführen. Sie würden auf ein Dach steigen, das Isaac im voraus bestimmt hatte. Der Knirps würde nach vorgefertigtem Plan Jerónimos Bakken abknutschen. Dann würden sich die Bullen auf das Baby stürzen, es in Handschellen legen und »Der Freak, der Freak«, kreischen.

Aber dazu konnte es nicht kommen, wenn Patrick Isaac dem Tapferen einen Strich durch die Rechnung machte. Er versuchte, Jerónimo zu warnen. Er legte die Hände als Trichter um seinen Mund und rief über die Straße. »Jerónimo-o-o!« Aber Jerónimo hatte keine Dächer im Sinn. Der Knirps ging mit ihm in die Schul. »Jesus«, sagte Patrick.

Er rannte auf die Schul zu; in seiner Hose klirrten die Guinness-Flaschen. In seinem Rausch konnte er sich kaum auf den Beinen halten. Die Stadt hatte den Eingang zur Schul mit Brettern vernagelt. Jerónimo und der Knirps mußten unter den Brettern durchgekrochen sein. Patrick kam nicht rein. Er riß sich die Finger am Holz auf. Er trat auf lange Holznägel, und der Rost fraß sich in seine Ferse. Er beschwor den Riesen von Munster,

Cruathair O'Carevaun, ihm Kraft über die Bretter zu verleihen. Endlich war das Loch so groß, daß er durchkriechen konnte.

Die Schul war so schwarz wie ein Kartoffeltrog. Patrick konnte seine Nase nicht sehen. Er blieb auf der Stelle stehen, bis sich seine Augen an die Dunkelheit gewöhnt hatten. Treppen gab es keine mehr. Die Schul stand wie eine ausgeräumte Kiste da. Die Wände rochen noch nach Feuer. St. Patrick schleppte sich durch Schuttbrocken. »Jerónimo-o-o!« Die Trümmer gerieten ins Rutschen. Jemand sagte »Mist« und »Scheiße«. Es klang nach einem Mädchen. Patrick schleppte sich weiter. Sprenkel dunkelbraunen Lichts drangen durch die Bleifassungen in der Wand, in denen früher das Buntglas gesessen hatte. Jerónimo und der Zwerg wälzten sich vor Patricks Füßen. Der Knirps war eine winzige Polizistin mit kurzgeschorenem Haar.

»Mieser Spitzel!« sagte Patrick. Er zog sie von Jerónimo. Sie wand sich in Patricks Armen, wehrte sich, schrie ihn mit dem Kohlenstaub der Schul am Kinn an; währenddessen entkam Jerónimo. Sie mußte ihre Waffe im Getümmel verloren haben, denn der Halfter an ihrem Knöchel war leer.

»Sie Riesenroß«, sagte sie. »Behinderung von Polizisten. Dafür kommen Sie nach Riker's Island.«

Patrick ließ sie in den Schutt fallen. »Eine reizende List. Einen verrückten Jungen in meiner Schul zu küssen. Sie können beten, daß ich Sie Isaac nicht melde.«

Die Bullenfrau lachte höhnisch. »Er hat versucht, mich umzubringen, Sie irischer Esel.«

»Womit? Mit seinen Buntstiften? Oder mit dem Dingelchen in seiner Hose?«

»Damit«, sagte sie und stieß etwas Glänzendes in Patricks Hand. Es fühlte sich warm auf seiner Haut an.

Patrick schielte ins Kartoffeltroglicht und erkannte den Griff eines Eiskremspachtels. Der Riese piekste sich. Das Spielzeug war an beiden Enden scharf. Jerónimo mußte es an den Rohren in Papas Süßwarenladen gerieben haben. Patrick spürte einen Wachskreidestift zwischen seinen Zehen. Er suchte den Malkasten zusammen und humpelte aus der Schul.

12

Ein Trupp blauäugiger Kriminalbeamter stürmte die Kings of Munster mit Schrotflinten und einem Haftbefehl für Jerónimo (die Zwergenfrau mußte jedem einzelnen Kommissar im Präsidium erzählt haben, wie sie in St. Patricks Synagoge mit dem Lippenstift-Freak gerungen hatte). Die Beamten stießen die Iren zur Seite, steckten ihre Finger in Papas Kasserolle, suchten hinter der Bar, sahen Jorge Guzmann hämisch an, lugten in den Schrein aus Babylon, verbeugten sich vor St. Patrick und gingen weiter.

Papa servierte kein Essen, das Isaacs »Engel« angerührt hatten. Er kippte seine gesamte Abalone mit Tintenfisch in Sammys Mülleimer und machte sich daran, eine neue Kasserolle zuzubereiten. Er rührte Safran in einen Reistopf und wütete gegen Patrick Silver.

»Du bist doch mein Mann, Ire, oder? Warum hast du diese Schweinerei zugelassen?«

»Mir haben nicht die Schrotflinten Sorgen gemacht, Moses. Ich kenne eine Menge Zauberformeln, die eine Schrotschußwunde heilen könnten. Aber gegen die Unterschrift eines Richters kann man nicht ankämpfen.«

»Stimmt, aber man kann das Papier verschlucken, auf das sie geschrieben ist.«

»Wozu, Moses? Sie würden nur wiederkommen. Wo ist Jerónimo?«

»Weiß Gott, wo. Er läuft vor dir und den Bullen weg. Mußtest du ihn erschrecken, Ire? Er hat dir vertraut.«

»Vertrauen! Ich habe ihn von einem weiblichen Zwerg im Kreuz befreit. Was hätte ich sonst noch tun können?«

»Du hättest ihn an der Hand nehmen und zu seinem

Vater bringen können. Zorro hat dich richtig eingeschätzt. Er hat gesagt, du könntest dich zehn Jahre lang mit Isaac angiften, und schließlich würdest du ihm doch in den Arsch kriechen. Deine Eingeweide gehören Isaac. Ire, du bist ein Bulle ohne Abzeichen.«

»Zorro redet Scheiße«, sagte St. Patrick. Er ließ Jerónimos »Messer« auf die Bar fallen. »Moses, mit diesem Spielzeug kann man jedem das Gesicht zerkratzen. Nicht direkt das Spielzeug, das man bei einem Kerl von vierundvierzig Jahren erwartet.«

Papa sah sich den geschärften Metallstiel auf Sammys Tresen genau an. »Ire, ist das dein einziges Beweisstück? Dein Onkel im Präsidium stiehlt einen verfluchten Eisspachtel aus der Boston Road, bricht ihn in der Mitte durch und läßt Jerónimo die eine Hälfte zustecken, damit ein Lump wie du ihm die Geschichte abkauft. Hast du Jerónimo nicht mit einer Bullenfrau erwischt? Isaac richtet eine kleine Hure dazu ab, sich wie ein Junge anzuziehen. Jerónimo durchschaut ihre Verkleidung. Sie läuft vor ihm her, wackelt mit dem Arsch, und die beiden gehen in die Schul, die Isaac niedergebrannt hat. Macht das Jerónimo zum Lippenstift-Freak?«

»Ich bin kein Yankee-Anwalt. Ich kann die Feinheiten von falsch und richtig nicht zerpflücken. Aber wenn Isaacs Wunderknaben das Baby am Hosenaufschlag erwischen, wird es lange humpeln. Isaac weiß, wie man einen Richter anlächelt. Sie werden ein Loch für das Baby graben, und man wird es nie mehr finden.«

Papa berührte seine Lippen.

»Moses, ich kann dir helfen, wenn ich das Baby vorher finde. Ist es in Manhattan oder in der Bronx? Sag es mir.«

Papa zuckte die Achseln und kümmerte sich wieder um seine Kasserolle.

Patrick lief ziellos durch die Straßen. Das Guinnes in

seiner Hose hatte angefangen zu kochen. Er öffnete mit dem Daumen eine Flasche und trank das heiße dunkle Bier. Mit der Sonne in den Augen kam er zum Abingdon Square. Ein Streifenpolizist in seiner Sommeruniform hielt ihn für einen Penner und grub ihm einen Gummiknüppel in die rechte Seite. »Zisch ab, du Dreckschwein. Verpiß dich in die Bowery. Hier wohnen achtbare Bürger.«

Patrick klagte nicht; er ließ zu, daß die Energie im Knüppel eines Bullen ihn weitertrieb. Er würde zwei Bezirke nach Jerónimos Unterschlupf durchkämmen müssen. Der Riese war verloren. Sollte er den Spielplatz an der Ecke Little West und Zwölfte Straße im Auge behalten? In Richtung Neunte Avenue trotten? In die Backsteinhäuser von Chelsea eindringen? Er schlug Haken, die ihn in die Dreiundzwanzigste Straße brachten. Er hatte keine Flaschen mehr in der Hose. Er würde sich in eine irische Bar verziehen und Nachschub holen müssen. Sollte er die Straßen außer acht lassen und dem Baby von Dach zu Dach folgen? Während er am Bordstein entlangschlenderte, fuhr ihm ein staubiges Taxi fast die Kniescheiben ab. Die hintere Tür ging auf. Ein vertrautes Grunzen rief ihn aus dem dunklen Innern des Taxis an. »Hopp, Ire.«

Patrick zauste die ausgefransten Enden seiner Ärmel und ließ sich in die Polster fallen. Das Taxi schoß los. Der Riese saß neben Zorro Guzmann, dem Fuchs der Boston Road.

»Meine Glückwünsche, Ire.«

»Zorro, die Guzmanns gratulieren nur aus Gehässigkeit. Was habe ich dir diesmal getan?«

»Es kommt von Herzen, Ire, das verspreche ich dir. Papa sagt, du bist in Odile verliebt.«

»Papa redet viel.«

»Nimm die Goie, Ire. Zorro gibt sie dir.«

»Vielleicht kannst du die Goie gar nicht vergeben.«

»Wozu die Beleidigungen?« sagte Zorro. Er räkelte sich auf dem Sitz. »Ich besitze vierzig Prozent von ihr, wenn das überhaupt reicht. Aber wer ist schon knausrig? Ire, du hast dich um meinen Bruder gekümmert. Das ist vierzig Prozent jeder Goie wert.«

»Dein Vater glaubt, ich hätte das Baby an Isaac verkauft.«

»Täusch dich nicht in ihm, Ire. Für Jerónimo würde er die halbe Bronx ermorden.« Zorro zog das Metallspielzeug des Babys aus seiner Tasche. »Das hättest du Papa nicht zeigen dürfen. Du hast seine Gefühle verletzt.«

»Was für ein Jammer«, sagte St. Patrick. »Papa beeidet, das sei Isaacs Werkzeug, ein Senkblei, um Jerónimo zu ertränken.«

»Nein«, sagte Zorro. »Es gehört Jerónimo. Meistens bewahrt er es in seinem Hemd auf.«

Der Riese beugte sich dicht zu Papas jüngstem Sohn rüber. »Dann sollte dein Vater zugeben, wer die Kinder auf den Dächern in Stücke reißt.«

»Ire, du arbeitest für uns. Denk daran. Du sollst Jerónimo beschützen, nicht ihn in Handschellen legen.«

»Jesus«, murmelte Patrick. »Und was soll ich mit den toten kleinen Jungen anfangen? Hätte ich neue Beute für Jerónimo ranschaffen sollen? Soll ich ihm Geleit auf die Dächer geben, Señor Zorro?«

»Wir sind nicht wie die Norteamericanos, Ire. Du hast Zorros Wort. Mein Bruder wird keinem Dach mehr in die Nähe kommen.«

»Immerhin etwas. Dafür muß ich wohl dankbar sein.« St. Patrick sah durchs Fenster auf die aufgeblähten, erdrückenden Straßen. Wie seinem Vorfahren, O'Carevaun dem Riesen, war ihm nach Zerstörung ganzer

Landstriche zumute. Wenn Cruathair den Hafen von Cork auseinandernehmen konnte, würde Patrick Manhattan zerkauen. Straßenzug um Straßenzug, Menschen verdauen, Laternenpfähle, Hunde und Mauerwerk. Seine Kehle war gottlos rauh. Patrick starb vor Durst. »Ich bin ausgedörrt«, sagte er und zog sich aus den Polstern hoch. »Noch eine halbe Minute, und ich kotze Blut. Laß den Wagen anhalten.«

Zorro mußte den Riesen zurückhalten. »Rühr dich nicht, Ire. Wir steigen aus.«

Das Taxi setzte sie auf Höhe der Achtzigsten Straße West in der Columbus Avenue ab. Zorro klopfte an die Scheibe, und das Taxi flog in Richtung Downtown. Patrick konnte sich nicht erinnern, das Gesicht des Fahrers gesehen zu haben. Konnte der Fuchs mit einem Fingerschnippen einen ganzen Fuhrpark von Taxis dirigieren? Sie gingen in eine kubanische Bar an der Neunundachtzigsten Straße. Zorro mußte die Männer in dieser Bar kennen. Er rieb sich an diesen Cubanos und sagte: »Hombre, Hombre.« Die Kubaner lächelten ihn mit ihren Goldzähnen an. Doch ein Riese mit einem Halfter in der Hose war ihnen suspekt. Patrick spürte die bösen Blicke, die von allen Seiten kamen. Er plumpste auf einen Barhocker und rechnete damit, bleiches Bier mit den Cubanos trinken zu müssen. »Cerveza de Perro«, krächzte Zorro.

Patricks Stirn verknitterte sich beim Anblick von Guinness auf dem Tresen. »Gott sei mir gnädig«, murmelte er. Der Barkeeper hatte zwei liebliche Flaschen schwarzes Bier hervorgezaubert. St. Patrick nahm das Wunder klaglos hin. »Gesegnet sei Gott.« Die Flaschen waren frostig. Er wärmte sie mit der Faust an (die »fiebrigen« Flaschen brachten erst richtig das Bittere heraus, das Patrick liebte). Dann trank er mit dem Fuchs.

»Zorro, wer hat diese Kerle auf Guinness angesetzt?«

Der Fuchs hatte braunen Schaum auf den Lippen. »Ire, du bist ein armseliger Mann. Das Leben in einer Synagoge macht dich dumm. Wie kannst du mit einem Schal über dem Kopf die Welt sehen? In Kuba hat es Guinness gegeben, ehe ein Hombre wie du auf die Welt gekommen ist. Die Habaneros nennen es Hundebier. Väter geben es ihren kleinen Jungen. Davon bekommt man Fell auf der Brust. Gehen wir, Ire. Ich muß meinen Bruder finden.«

Sowie sie auf der Straße standen, setzte ihm Patrick mit Fragen zu. »Ist Jerónimo in dieser Gegend? Halten ihn die Kubaner versteckt?«

»Halt den Mund, Ire. Coen hatte einen Onkel, der hieß Sheb. Der hat früher mit Jerónimo gespielt. Sie haben gemeinsam in die Toilette gepißt, sie haben hartgekochte Eier gelutscht, sie haben vor dem Süßwarenladen meines Vaters Sonnenbäder genommen. Sheb ist in einem Altersheim beim Riverside Park. Dort müssen wir suchen. Wenn mein Bruder müde vom Laufen ist, geht er zu Sheb.«

»Coen stirbt nicht so leicht«, sagte Patrick. »Blue Eyes hat uns alle an seiner Brust gestillt. Mich, dich, Isaac, Odile, Papa, Jerónimo und diesen verrückten Onkel. Wir alle haben uns von Coens Milch und Blut genährt. Jetzt werden wir ihn nicht mehr los. Man kann sich nicht in den Füßen pulen, ohne Stücke von Manfred zwischen den Zehen zu finden.«

»Hombre, wir haben zu tun. Erzähl mir keinen Scheiß aufs Ohr. Isaac ist kein Ignorant. Er kennt die Routen meines Bruders. Ich wette, daß er fünf Bullen bei Sheb Coen sitzen hat. Ich kann Jerónimo nicht warnen. Isaacs Drecksäue würden mich unter ihren Füßen zerstampfen. Aber du kannst meinen Bruder abfangen, ehe er das Altersheim betritt. Isaac hat Angst vor deiner Jarmulke und deinen schwarzen Socken. Mit einem Jungen aus der Synagoge legt er sich nicht an.«

Am ersten Laternenpfahl nach der kubanischen Bar hungerte es Patrick wieder nach Hundebier. Die Nennung Isaacs ging ihm direkt in die Kehle. Er konnte keine irische Meile weiterlaufen, ohne an einer Flasche zu schlürfen. Zorro versuchte, unauffällig den Broadway zu überqueren. Er sorgte sich wegen der Zivilbullen, die sich in die Menge mischten, unter die Zuhälter, Huren, Bettler, Krüppel, Transvestiten, Witwer, geistig Zurückgebliebenen, Schwachköpfe, Eiszapfenverkäufer, Ausreißer, Taschendiebe und Straßenmusikanten; der Fuchs wollte nicht erkannt werden. Aber der Riese packte Zorro am Hemd und zerrte ihn ins Claremorris, eine irische Bar am Broadway. Im Claremorris erinnerte man sich an Patrick; er hatte diese Bar heimgesucht, als er sich noch mit dem First Dep verstand. Hier konnte er sein Guinness warm trinken, ob mit oder ohne Ei.

»Bist du verrückt, Ire? Das ist eine Polizistenbar. Man kann keine fünf Zentimeter laufen, ohne einen Bullen zu riechen.«

»Keine Sorge«, sagte Patrick. »Mit mir bist du sicher.«

»Und was ist mit Jerónimo?«

»Das machen wir gleich. Nur noch einen Moment. Ich brauche Fell auf meiner Brust.«

Patrick sah einige seiner früheren Brüder von der Shillelagh Society. Als hohe Kriminalbeamte blickten sie auf einen Bullen runter, der zum Pförtner gesunken war und in stinkigen Kleidern rumlief. Sie nahmen an, Zorro sei eine Ratte, die Silver aus seiner brennenden Schul gezerrt hatte. Wer sonst hätte gelbes Wachs auf den Backen? Patrick scherte sich einen Furz um das kühle Verhalten seiner Brüder. Er starrte auf den heiligen Hintern eines Mädchens, das ganz hinten im Claremorris mit vier Matrosen tanzte. Ihre Schenkel bewegten sich wie lange, tastende Wurzeln, während sie von Matrose zu Matrose wechselte. Jesus, unter ihrem engen Rock hatte sie vertraute Umrisse. Sie brauchte nicht den Kopf umzudrehen und zu zwinkern. Dieser Hintern gehörte Marilyn the Wild.

Was hatte Isaacs magere Tochter im Claremorris zu suchen? Er konnte sich nicht täuschen. Er hatte sie oft genug gesehen, wenn sie am Arm eines Ehemannes, der jährlich wechselte, durch die Gänge des Präsidiums schlenderte. Patrick hielt nichts von diesen Ehemännern. Sie trugen immer glänzende Lederstiefel und hatten gezwirbelte Schnurrbärte. Jeder Angestellte in Isaacs Büro wußte, daß das Mädchen in Manfred Coen verliebt war. Sie setzte den Schnurrbart bei ihrem Vater ab und lümmelte sich an Coens Schreibtisch. Die Bullen ihres Vaters weideten sich an Marilyn. Ein Blinder hätte ihre Brüste nicht verfehlen können oder den Schwung ihres irischen Hinterns. Alle sahen sie an, bis Isaac aus seinem Büro kam, Blue Eyes wütend anfunkelte und Marylin the Wild zurückpfiff. St. Patrick von den Synagogen, der Diakon und Kriminalbeamte aus der Bethune Street, hatte an den Tagen, an denen Marilyn auftauchte, den steifsten Schwanz von ganz New York.

Patrick hätte sie ihren Matrosen überlassen, wenn nicht etwas faul gewesen wäre. Marilyn schien ihre Gesellschaft satt zu haben. Unter einem Stuhl stand ihr Koffer, und die Matrosen erlaubten ihr nicht, ihn rauszuholen. Die vier hielten sie in einem Wirrwarr aus Armen, Beinen und Matrosenhemden fest. Sie konnte nicht aus dem Netz der Seeleute ausbrechen. Hände krochen an ihrem Rock hinauf. Die Herren an der Bar schienen diese Werbung um Lady Marilyn von mehreren Seiten großartig zu finden. Im Claremorris wurde viel geklatscht und gepfiffen. Derart ermutigt, wurden die Matrosen munter.

Marilyn wurde hochgehoben und mit zurückgebogenem Kopf zwischen den Schultern der Matrosen rumgestoßen; sie sah zur Decke hoch, während sie von vier Matrosen gleichzeitig betatscht wurde.

St. Patrick bahnte sich einen Weg durch die Zuschauer. »Platz da, Leute, ich will durch.«

Zorro hämmerte ihm ins Genick. »Hombre, halt dich da raus. Hier mag man Matrosen. Was bedeutet dir dieses magere Weibsstück?«

»Sie ist eine Freundin von mir«, sagte Patrick.

»Das ist etwas anderes. Du übernimmst die Arme, Ire, und ich gehe auf die Eier los. Aber mach schnell ... wie heißt sie überhaupt?«

»Marilyn the Wild.«

Der Fuchs entblößte seine Zähne. »Hombre, Isaac läuft da draußen rum, um meinen Bruder zu erledigen, und du erwartest von mir, daß ich seine Tochter rette? Ich sollte freudig mit diesen Matrosen tanzen, ihnen gratulieren.«

»Schön«, sagte Patrick. »Dann muß ich dir eben auch die Fresse einschlagen. Zorro, Marilyn kann nichts dafür, daß ihr Daddy Scheiße baut.«

Patrick packte zwei Matrosen am Kragen und schleuderte sie von Marilyn weg. Zorro streckte den dritten Matrosen auf den Boden; er biß ihn dicht unter das Knie. Der vierte Matrose sah zu dem verrückten Patrick auf und eilte aus der Bar. Die Bargäste des Claremorris waren wütend auf Silver und sein Anhängsel. Sie fanden es unmoralisch, einen Matrosen ins Knie zu beißen. Die Kriminalbeamten der Shillelagh Society hatten winzige Totschläger in den Taschen, mit denen sie die Ohren von Pförtnern und deren Freunden umklappen konnten.

Zorro ging in die Hocke. Er rief drei seiner Heiligen an, Moses, Judas und Simon aus der Wüste.

»Hombre«, flüsterte er, »kämpf nicht mit den Ellbogen. Wir werden niemals gewinnen. Bohr ihnen die Finger in die Augen.«

Die Shillelaghs marschierten auf Patrick los. Die Vorstellung einer ausgelassenen Rauferei am Spätnachmittag gefiel ihnen. Sie schmachteten nach Marilyn. Sie schielten sie lüstern an. »St. Patrick, erlaubst du uns, mit deinem Schätzchen zu tanzen?«

»Bist du mit der Puppe verlobt, Pat?«

»Sei ein guter Junge. Zeig uns, wie man ihre Fotze segnet.«

»Haltet den Mund«, sagte Patrick. »Das ist das Baby vom First Deputy. Sie ist Isaacs Tochter.«

Ein Gestank zog durch das Claremorris. Die Shillelaghs rochen ihr eigenes Verhängnis. Sie hatten Vater Isaac beleidigt, schmutzige Sachen zu Marilyn the Wild gesagt. Sie trauerten um den Verlust ihres Lebensunterhalts. »Lady Marilyn«, sagten sie und klopften den Staub von ihrem Koffer. »Lady Marilyn.«

Patrick nahm den Koffer von seinen irischen Brüdern entgegen und führte Lady Marilyn aus dem Claremorris. Sie hatte den mürrischen irischen Riesen nicht vergessen, der sich mit Manfred Coen einen Schreibtisch geteilt hatte. Die Bullen ihres Vaters hatten ihn als St. Patrick von den Synagogen betitelt, weil sie noch nie von einem Iren gehört hatten, der so hingebungsvoll an einer Schul hing. Blue Eyes hatte den Riesen gern gehabt. Die beiden hatten an ihrem Schreibtisch gesessen und aus einer gemeinsamen Schale Hüttenkäse gegessen. Marilyn lächelte St. Patrick an. Ihre Rippen waren von dem Gerangel mit den Matrosen aufgescheuert. Sie war am Claremorris vorbeigekommen und hatte schnell einen Whiskey sour trinken wollen. Einer der Matrosen tat ihr leid, und sie hatte eingewilligt, mit ihm zu tanzen (sie war gerade aus einer Matrosenstadt, Seattle, zurückgekommen, und dort lungerten einsame Jungen auf der Straße herum, deren Kleidung von einem so absoluten Weiß war, daß sie selbst im Regen nicht schmutzig wurde). Mit Trockenficken hatte sie am Broadway nicht gerechnet; sie mußte mit acht Knien zwischen den Beinen tanzen.

»Patrick«, sagte sie, »du sagst meinem Vater doch nicht, daß ich in Manhattan bin, oder?«

»Dein Dad und ich haben uns nicht viel zu sagen. Brauchst du eine Unterkunft? Du kannst gern zu uns kommen, wenn es dir nichts ausmacht, neben einem Whiskeyfaß zu schlafen.«

»Danke«, sagte sie. »Ich finde schon was. Isaac besuche ich erst, wenn ich soweit bin.«

Sie nahm ihren Koffer, stellte sich auf die Zehen, um St. Patrick zu küssen, und dann stellte sie sich wieder auf die Fußsohlen und küßte den Fuchs. Sie verschwand im Getümmel des Broadway, und die Verkäufer und andere Hombres machten Bemerkungen über ihre tollen Titten, ihren Arsch und ihre Beine. Der Riese hätte mit jedem Hombre dieser ganzen Gegend gekämpft, um Lady Marilyn zu beschützen (er bewunderte ihren Körper auf stillere Weise), aber Zorro zupfte an seinem Halfter.

»Ire, dazu haben wir jetzt keine Zeit. Jerónimo läuft frei herum.«

Sie mußten sich zwischen den Mamas des Broadway durchzwängen, um zum Riverside Drive zu kommen. Ein grünes Gas stieg kochend aus den Kanaldeckeln auf. Patrick wünschte sich sehnlichst in den ruhigen Bierdunst der Kings of Munster.

Zorro postierte ihn eine Kreuzung vom Manhattan View Rest Home entfernt, in dem Manfreds Onkel wohnte. Dann verschwand er, und seine flatternden Rockschöße tauchten hinter den buckligen Rücken der

Wagen auf, die am Riverside Drive parkten. Das Warten auf Jerónimo machte den Riesen unruhig. Bilder von kleinen Jungen mit Wunden im Hals schlichen sich in seinen Schädel ein. Das Baby hatte Patrick mit den Mittagsschläfchen in der alten Schul hinters Licht geführt. Jerónimo hatte sich aus dem Keller geschlichen, während Patrick über Bierflaschen gähnte. Wenn sein Wächter in den Kings of Munster versackte, konnte Jerónimo Streifzüge unternehmen. Patrick rieb sich die Fäuste. Gott erbarme sich, die Guzmanns hatten ihn dazu benutzt, die Spuren des Babys zu verwischen. Aller Gewinn, den er bei ihnen gemacht hatte, Geld, das eine Schul am Leben erhielt, war mit den Eingeweiden von Kindern besudelt.

Seine Augen blieben offen. Patrick hatte sich Papa Guzmann verschworen. Er würde den Clan nicht betrügen. Er war ein lebender Ausguck, der in seinen Socken dastand; die Ränder seines Hemdes zuckten in der heißen Brise, die vom Park herüberwehte. Der Riese wurde zu Blei. Er würde zu Jerónimo halten.

Wie viele Stunden vergingen? Fünf? Zwei? Eine? Es hätte im August schneien können. Patrick hätte sich nicht gerührt. Sein weißes Haar hatte angefangen, sich zu kräuseln. Der Rest von ihm war grau. Ein gebeugter Junge bog um die Ecke in den Riverside Drive. Er hatte Patricks Haarfarbe: weiß mit einem Blauschimmer. Er drückte sich an die Mauern von Wohnhäusern, die im Abendhimmel in einem grellen Orange brannten. Der Junge galoppierte durch diesen orangenen Dunst. Es stach in seinen Kniekehlen.

Patrick rief nach Jerónimo. Seine Stirn pochte mit grimmigen Mahnungen an die Kunst des Babys: Wachsmalstifte, Lippen, grobe Griffe und Augen. Gott helfe uns allen, er konnte das Baby nicht verdammen. Ein Ire hatte genügend Feuerstein in sich, um einen Planeten in

Brand zu setzen, doch Zuneigung konnte er nicht aus seinem Herzen pressen. Er tat die Monstergeschichten ab. Er war wieder Jerónimos Hüter. Er würde ihn von den Dächern fortlenken, seine Wachskreiden verstecken und sein Stück Metall auch. »Jerónimo.«

Das Baby sah von den orangenen Pflastersteinen auf. Seine Lippen zitterten. Die Haut um seine Augen spannte sich. Seine Haltung wurde gebeugter. Er kroch auf den Fersen wippend rückwärts und stürzte sich in den Riverside Drive.

»Jerónimo, lauf nicht vor mir weg.«

Das Baby stürmte auf die Fahrbahn. Es erreichte die andere Straßenseite nie. Ein Wagen hielt seinetwegen an. Es war Zorros staubiges Taxi. Patrick konnte den Fuchs durch eine verdreckte Scheibe sehen. Er hörte das Quietschen einer Tür. Die Beine des Babys waren in der Luft. Sein Bauch glitt über die Polster; das meiste von ihm war im Wagen.

Der Riese hätte Jerónimo zurückerobern können. Er mußte sich nur die Kraft von Cruathair O'Carevaun borgen, Zorros Stoßstange packen und das Taxi in den Riverside Park schleudern. Patrick sah zu, wie der Fuchs mit Jerónimo davonfuhr. »Bruder zu Bruder«, sagte er. »Gott segne sie.«

Er ging zum Broadway. Er konnte immer noch sein Hundebier in einer irischen Bar trinken. Er war der Retter von Marilyn the Wild. Die Shillelagh Society konnte seine zahlreichen Sünden verkünden: Patrick Silver, der Sklave der Guzmanns, der sein Gewehr verloren und sich in eine Nutte aus der Jane Street verliebt hatte. Ganz gleich. Er konnte mit seinem Halfter, der wie ein schlaffer Schwanz an seinem Schenkel hing, ins Claremorris gehen. Keiner seiner früheren Brüder würde ihn je rauswerfen.

13

Der Fuchs hielt Jerónimo während der Fahrt im Arm. Es war eine gierige Umarmung. Er wollte das Strickmuster der Knochen seines Bruders spüren, die Ohrenschützer in seinen Taschen, die Mottenkugeln, die sich alle Guzmanns in die Manschetten ihrer Hemden fummelten (diese Mottenkugeln konnten es mit dem stinkigen Parfüm des Teufels aufnehmen). Zorro hatte keine Angst, ihn zu verlieren. Jerónimo würde nicht aus dem Wagen springen. Das Baby sah Zorro in die Augen. Es wimmerte nicht. Es drosch nicht um sich. Jerónimo kuschelte sich an Zorros Brust.

Der Fuchs führte Selbstgespräche. Seine Augen waren schwarz. Er verfluchte Isaac und Isaacs Kontrolle über die Straßen Manhattans und der Bronx. Er kannte die Pläne seines Vaters. Moses würde Amerika verlassen. Zorro hätte Isaacs blonden Engeln für den Rest seines Lebens ausweichen können, in Telefonzellen schlafen, in Türeingängen belegte Brote essen, in eine Flasche pissen, sein Gesicht an jedem Wochentag mit andersfarbigen Wachsmalkreiden anmalen, aber er konnte seine Familie nicht im Stich lassen. Zorro war ein amerikanisches Baby. Er konnte in Peru, in Mexiko oder in Isaacs Manhattan gedeihen. Er konnte Leuten die Taschen ausrauben, ihnen ein Mädchen verkaufen, Geld für eine Lotterie kassieren, die nicht existierte. Der Fuchs genoß seine Nacktheit. Er konnte sich mit Wachs, Schlamm, Zeitungen, grünen Briefmarken bedecken. Doch sein Vater hatte in der Bronx schweres Gefieder angesetzt. Und Isaac hatte ihn gerupft. Ohne seine Farm und seinen Süßwarenladen war Moses verloren und hatte die Neue Welt satt.

Zorro konnte den Herzschlag seines Bruders schmekken. Er war so würzig wie Papas Currys aus der Boston Road, mit Pulvern abgeschmeckt, die aus Uruguay kamen. Das war das Aroma der Krypto-Juden, scharf und sauer, der verrückten Marranen, deren Grauen und deren Liebe denselben starken Geruch ausströmten. Das Hemd des Fuchses war naß. Zahnte das Baby an Zorros Magen? Jerónimo sah aus dem Fenster auf die Feuertreppen der Neunten Avenue. Er brütete über den graphischen Symbolen in den Schaufenstern von Fisch- und Geflügelläden und lächelte, wenn er die Schnauze eines Schwertfischs, Hühnerfedern, den Fuß einer Ente mit den Schwimmhäuten erkannte.

Zorros Taxi nahm die Schleichwege der Lastwagenfahrer hinter den Märkten der Gansevoort Street. Miguel, der Chauffeur, war in der Boston Road gebürtig. Zorro hatte ihn engagiert, weil die Taxiunternehmen von Manhattan mit Isaacs Spitzeln durchsetzt waren. Miguel fuhr Vermieter, Zuhälter und Taschendiebe, Leute wie Zorro und Papa Guzmann. Er wurde dafür bezahlt, daß er auf die Straße sah. Ein Chauffeur, der bei seiner Arbeit Neugier zeigte, hätte ohne Ohren in die Bronx zurückkehren können. Doch dieser magere Bezirk verwirrte Miguel. Er konnte nicht verstehen, wie sich die Vierte Straße West so weit krümmen konnte, daß sie mit der Dreizehnten West zusammenstieß. Zorro klopfte an die Scheibe. Miguel fuhr in den Hinterhof eines alten Lagerhauses an der Washington Street. Im Hof sah er einen Mann: Moses Guzmann.

Miguel bemühte sich, nicht zu gaffen. Die Guzmanns waren heikel. Wenn man die Nase nicht auf den Boden richtete, dachte Papa, man wolle ihm das teuflische Auge zeigen. Sie gaben ihm keine weiteren Anweisungen. Der Fuchs und das Baby stiegen aus. Miguel beugte sich über das Lenkrad, um sein Gesichtsfeld zu verengen und die schrecklichen Augenbrauen, Hälse und Kinne der Guzmanns nicht sehen zu müssen.

Papa trug seinen Kochkittel aus den Kings of Munster. Er war zwischen den Kasserollen aus der Bar entwischt und um die Ecke in die Washington Street getrottet. In einer halben Stunde würden die Kunden nach seinem Tintenfisch verlangen. Papa hatte wenig Zeit. Er hatte Jorge bei Topal und Alejandro zurückgelassen. Wenn Isaacs blauäugige Gorillas wieder eine Razzia in der Bar gemacht hätten, hätte Moses drei Söhne weniger gehabt. Unter dem Kittel stellte er sein eigenes Wetter her. Seine Rippen waren kalt. Als er das Baby berührte, liefen ihm Schauer über den Rücken.

Zorro flüsterte Papa etwas ins Ohr. »Wir können ihn auf dem Schiff verstecken.«

»Niemals«, sagte Papa.

»Ich könnte mit ihm fortgehen. Nach Florida. Wir könnten unter den Cubanos leben.«

»Die Hälfte der Cubanos arbeitet für das FBI. Nach zwei Wochen hätte ihn Isaac auf dem Schoß.«

»Dann laß mich Isaac erwürgen, Papa, und wir haben ein wenig Ruhe.«

»Wir bekämen nur einen neuen Isaac.«

Papa sah, daß seinem jüngsten Sohn die Schultern heruntersackten. Unter dem gelben Wachs waren die Bakken des Fuchses bleich. Doch sein Kiefer blieb hartnäkkig. Papa machte sich keine großartigen Illusionen über seine Familie. Vier seiner Jungen waren Idiotas. Er hatte auf den Marktplätzen von Peru mit syphilitischen Frauen geschlafen, rumgehurt wie ein Straßenköter. Keine seiner Frauen hatte einen Zahn im Mund gehabt. Zorro war ein Zufall, der einzige Guzmann, dessen Gehirn nicht aufgeweicht war. Papa dankte Adonai, dem Herrn, sein Leben lang stündlich dafür, daß er ihm ein Kind geschenkt hatte, das nicht mit den Daumen zählen mußte. In frühem Alter hatte Zorro die verzwickte Geographie von Papas Süßwarenladen durchschaut und war der Fuchs der Boston Road geworden. Er hatte Papas Herrschaftsbereich mit seiner angeborenen Arglist bis nach Manhattan ausgedehnt. Doch seine Brüder hatte er darüber nicht vergessen. Er betete Topal, Alejandro, Jorge und Jerónimo an, und er kümmerte sich um sie. Er zeigte den Jungen, wie man Reißverschlüsse zumacht. Er machte ihre Finger zum Rechenbrett und brachte sie dazu, mit rasender Konzentration zusammenzuzählen und abzuziehen. Er blockierte den Verkehr auf der Boston Road, um seine Brüder über die Straße zu treiben. Der Geruch von Safran in einer irischen Bar hatte Papas Luftwege verstopft: Konnte Moses denn nicht verstehen, wie verrückt es Zorro machte, einen seiner Brüder aufzugeben? Instinktiv wollte er Jerónimo an sich reißen und auf die Welt scheißen, gegen Isaac und seine Armee in Manhattan standhalten.

»César, stell dich nicht dumm. Das Zuchthaus steht er keinen Tag lang durch. Die Häftlinge sind noch fieser als die Polizei. Du weißt, welche Schimpfnamen sie ihm geben werden. *Kinderficker, Jerónimo, die Tunte.* Ich will ihre gräßlichen Finger nicht an seine Kehle lassen.«

Papa zog einen Ziegel aus seinem Kochkittel; das war die einzige Waffe, die er aus der Bronx mitgenommen hatte. Die Schuld lag bei ihm. Er hatte den Schlamm auf Jerónimos Stiefeln gesehen. Regnete es etwa in Papas Süßwarenladen? Das Baby war mit nassem Haar eingeschlafen. Papa hatte seine Augen vor der Tatsache verschlossen, daß Jerónimo gern auf Streifzüge ging. Das Baby war aus dem kleinen Fenster in der Rückwand gekrochen, während seine Brüder schnarchten und Papa

Eiskremsodas zubereitete oder die Hieroglyphen seiner Lotteriestelle entzifferte.

Paps Finger krallten sich in den Ziegelstein. Er würde nicht zulassen, daß Isaac Jerónimo einlochte. Das Baby würde nie vor ein Geschworenengericht kommen. Die Sträflinge im Zuchthaus hatten ihre eigenen Strafen für Sittenstrolche und Kindermörder. Sie würden ihn dafür erdrosseln, daß er mit den Hoden von kleinen Jungen gespielt hatte.

Jerónimo sah den Ziegel nicht böse an. Er wandte Papa sein Gesicht zu. Er rieb sich mit seinem Guzmann-Hals an Zorros Schulter. Er dachte an alle seine Brüder. Ein Abschiedswort existierte nicht im Vokabular des Babys. Seine Nasenlöcher schnupperten nach Luft. Seine Zunge lag eingerollt auf der Unterlippe.

Miguel, der Chauffeur, betete zu Santa Maria, ihm einen geraden Blick nach vorn über das Lenkrad zu schenken und blind für die Guzmanns zu sein. Miguel war schwach. Er sah gerade noch rechtzeitig in den Rückspiegel, um Papas Ziegelstein zu beobachten. Am El Dia de los Inocentes würde er beschwören, daß Papa Jerónimo mit einem Kuß den Schädel eingeschlagen hatte. Entweder Miguel war verrückt, oder Papas Ellbogen bewegte sich keine zwei Zentimeter. Moses berührte Jerónimo zwischen den Augen. Das Baby stürzte mit gerunzelter Stirn in Zorros Arme. Miguel versank in seinem Sitz. Er hätte einen Monat so verharrt, wenn ihm die Guzmanns nicht befohlen hätten, sich aufzusetzen. Die Tür wurde geöffnet. Miguel hörte das Schlurfen und Scharren mehrerer Körper. Señora, sie hatten sein Taxi zum Leichenwagen gemacht!

Jemand klapste ihm aufs Ohr. Miguel hätte kein Signal des Fuchses je vergessen. Er fuhr aus dem Hof. In seinem Spiegel sah er zwei Guzmanns. Zorro und das tote Baby.

Papa saß nicht im Wagen. Jerónimos Stirn war ziemlich blau. Er hatte einen geschwollenen Kopf. Er lehnte an Zorros Schulter wie ein lebendiger Junge. Miguel schrie unter der Zunge. Er hatte Angst, einen Laut von sich zu geben. Die Guzmanns konnten einen schneller ermorden, als man blinzeln konnte.

»Miguel«, sagte Zorro. Er war nicht unfreundlich zu seinem Chauffeur. Er knurrte nicht. Seine Stimme war zart und leise. »Bring uns in die Bronx.«

Der Chauffeur spürte ein Zwicken in seinem Rückgrat. Wollte der Fuchs von der Vierzehnten Straße bis in die Bronx ein totes Baby liebkosen? Miguel war sich darüber bewußt, daß die Guzmanns Wunder wirken konnten. Jeder Marrane konnte sich in eine männliche Hexe verwandeln. Würde der Fuchs seinen Atem in Jerónimos Nase hauchen, auf daß das Baby gähnte und lächelte, ehe sie den Harlem überquert hatten? Würden die beiden sich auf Miguels Rücksitz unterhalten? Er schielte in den Rückspiegel. Er suchte nach deutlichen Anzeichen. Er erwartete, daß die Schwellung zurückgehen würde. Wenn der Fuchs das Baby lange genug streichelte, würde das Rosige in sein Gesicht zurückkehren. Jerónimo würde nicht mit blauem Schädel rumlaufen müssen. Der Fuchs murmelte jetzt vor sich hin. Waren es die Zauberformeln eines maranischen Hexers, oder war es ein Liebeslied an einen Bruder? Miguel war das gleich. Er wollte eine Auferstehung in seinem Taxi erleben. Wer würde ihm glauben, wenn er seinen Compadres erzählte, daß er beobachtet hatte, wie ein Junge mittleren Alters starb und in weniger als einer halben Stunde wiedergeboren worden war.

Papa mußte kochen, da man sonst in der Bar Verdacht geschöpft hätte. War unter den Iren ein Spitzel? Papa konnte sich nicht sicher sein. Der Ziegel steckte unter seinem Hemd, vor Sammys Kunden verborgen. Die Kavaliere in den Kings of Munster hätten Papas Qualen nicht bemerken können. Mit vollkommener Selbstbeherrschung schnipselte er Abalonen. Seine anderen Söhne schliefen im Allerheiligsten. Sie würden nach Jerónimo maunzen, wenn sie ihre Köpfe von den Kissen hoben. Welche Entschuldigung konnte Papa vorbringen? Jorge würde mit einem Finger im Auge brüllen. Topal und Alejandro würden sich hinter Silvers geheiligten Schrein klemmen. Die Bar würde ihre Wehklagen nicht verstehen.

Moses hatte es satt, Bier aus Dublin zu atmen. Er hatte vor zu packen, nachdem er seine letzte Schüssel Tintenfisch zubereitet hatte. Die Guzmanns würden nach Europa gehen. Da es jetzt in Spanien einen König gab, den jungen Juan Carlos, konnten die Marranen in ihre ursprüngliche Heimat zurückkehren. Moses würde sich von Madrid fernhalten. Die Madrileños waren eine hellhäutige Rasse. Papa würde es im Norden versuchen. Er würde sich in Bardjaluna niederlassen, einer Stadt, bei deren Aufbau die Araber geholfen hatten. Er würde im alten Chinesenviertel leben, nahe an dem öligen Hafen ein zurückgezogenes Leben führen. Auf den Ramblas würde er einen Stand mit Vogelkäfigen aufbauen und den schwedischen und deutschen Touristen die Taschen ausrauben. Er würde mit seinen Jungen in Charlie Chaplin-Filme gehen. Zorro würde sich nicht damit zufriedengeben. Er würde die Ramblas hinaufgehen, auf die Boulevards, und mit hübschen Mädchen Kaffee trinken. Er würde weiche Schals tragen und Papas Vögel meiden. Doch Jorge und die beiden anderen würde er nicht im Stich lassen. Der Fuchs betete seine Brüder an.

Silver kam in die Bar. Er sah elend aus. Er wollte nicht

mit Sammys Kunden schwatzen. Er trank in einer Ecke Guinness, ohne Papas Tintenfisch zu probieren. Der Riese sah sich gar nicht erst nach Jerónimo um. Er war der einzige Ire in den Kings of Munster, der wußte, wo das Baby war.

Der Riese stand nicht mehr in Papas Diensten. Doch er konnte sich nicht von den Guzmanns lösen. Er war dieser unglückseligen Familie verhaftet. Ihm war klar, welche Wahl Papa hatte. Wenn das Baby erst verhaftet worden wäre, hätten selbst die Heiligen der Marranen es nicht am Leben erhalten können. Papa mußte das Baby verstecken oder es schlafen legen.

Moses und der Ire sahen einander an. Sie konnten trauern, ohne den Mund aufzumachen. Sie umarmten einander nicht. Bis auf die Verfärbung ihrer Augen vor lauter Traurigkeit spielte sich nichts zwischen ihnen ab. Patrick nuckelte an einer Flasche, ohne aus seiner Ecke zu kommen. Papa kümmerte sich um den Tintenfisch.

VIERTER TEIL

14

Jeden Donnerstagmorgen im September parkte eine blaue Limousine vor dem John Jay College für Strafrecht, um Vater Isaac abzuliefern. Der Chef mußte seine Elfuhrvorlesung abhalten. Er las über die Soziologie des Verbrechens. Seine Studenten waren eine privilegierte Schar. Streifenpolizisten, Feuerwehrmänner und Leute von der Stadtreinigung, die nie in einer Vorlesung des First Deputy Police Commissioner von New York gesessen hatten. Sie waren verrückt auf Isaac. Er erzählte ihnen von Aischylos, und dabei schaute eine Waffe aus seiner Hose. Er machte sie mit seinen Einsichten benommen, seinem Gedächtnis für Dichter, Henker, Gauner, Politiker und Kirmesmonster.

Etwas beeinträchtigte den First Dep: Sein automatisches Funkgerät holte ihn zwischendurch aus dem Kurs. Das Piepsen, das aus der Gegend seiner Krawatte kam, konnte jedem seiner Studenten die Ohren anfressen. Streifenpolizisten und Feuerwehrmänner wackelten mit den Köpfen, bis Isaac das Ding abstellte und zum Telefon im Korridor ging.

An jenem Donnerstag war Isaac schlecht aufgelegt. Das Präsidium verband ihn mit einer Totengräberbaracke in Bronxville, New York. Er murrte Herbert Pimloe an, der den Hörer abnahm. »Ich bin mitten in einer Vorlesung, Herbert. Was ist so wichtig?«

»Wir haben das Baby gefunden«, sagte Pimloe.

Isaac spürte Druck in seinem Gaumen. »Wo, Herbert?«

»Auf dem Friedhof der Guzmanns. Du hast recht gehabt, Isaac. Die Scheißer haben ihn im Familiengrab begraben. Ich schwöre es dir bei Gott. Es hat eine Stunde gedauert, bis wir ihn ausgebuddelt hatten. Du glaubst gar nicht, was da für Knochen sind. Papa muß ein ordentlicher Mensch sein. Er hat seine gesamten Feinde am selben Ort versenkt. Du erinnerst dich doch an diesen schmierigen Schieber, den er mal hatte, den kleinen Isidoro? Ich glaube, der liegt auch da unten und schläft neben Jerónimo. Wir haben den Wagen vom Leichenschauhaus bestellt. Sollen wir auf dich warten, Isaac?«

»Nein«, sagte Isaac, und seine Gedanken schweiften zu den Geiern im Leichenschauhaus ab, die über Jerónimo kreisen würden, Pathologen aus dem Bellevue mit Sezierwerkzeugen, Röhrchen, Chirurgenbesteck, luftdichten Gläsern für Leber- und Nierenproben.

»Ruf im Bellevue an, Herbert. Bestell den Wagen ab.«

Pimloe stand in der Baracke der Totengräber. Er hatte den Hörer an die Backe geklemmt und wartete darauf, daß der First Dep sich erklären würde. Vater Isaac gab kein Wort von sich. »Warum soll ich den Wagen abbestellen?« fragte Pimloe schließlich.

»Weil das Baby in der Erde bleibt.«

Der Chef war verstört. Der PC würde über sie alle herfallen, wenn er dahinterkam, daß Jerónimo nicht exhumiert worden war. Pimloe mußte einen Trupp von Totengräbern überwachen, um an Jerónimo zu kommen. Seit Viertel vor sieben stießen sie schon Knochen durch die Gegend.

»Isaac, das Baby hat eine Beule am Schädel. Das ist die Arbeit der Guzmanns, wenn du mich fragst. Was ist mit Isidoro? Isaac, überleg nur, wie viele Leichen wir dieser Sippe anhängen können. Da kommt auch der Fuchs nicht mehr raus.«

»Herbert, mach das, was du angerichtet hast, wieder

rückgängig. Buddel die Grube wieder zu, dann geh nach Hause zu deiner Frau.«

Vater Isaac kehrte zu seiner Gruppe von Feuerwehrmännern und Bullen zurück. Ein wurmzerfressener Junge ging ihm durch den Kopf. Ihm war nicht danach zumute, über Aischylos, Blut und Verbrechen zu labern. Wieder plärrte sein Empfänger los. Isaac schickte seine Zuhörer nach Hause.

Er brauchte sich nicht mit Herbert Pimloe zu streiten. Das Präsidium verband ihn mit einer anderen Stelle. Er hatte seinen alten Chauffeur am Telefon, Sergeant Brodsky, der aus einer Imbißstube an der West Street anrief. Brodsky frohlockte. »Isaac, die Guzmanns gehören uns. Sie haben die Überfahrt auf einem spanischen Frachter gebucht. Endstation ist Barcelona. Stell dir das vor, Isaac. Sie haben deinen Namen benutzt. Sie haben sich als die vier Sidels auf der Passagierliste eingetragen. Die haben vielleicht Nerven. Sie sind eben gerade an Bord gegangen. Jorge haben sie auf einer Matratze getragen. Ich habe Jerónimo nicht gesehen, Isaac.«

»Jerónimo ist ganz oben in der Bronx«, sagte Isaac.

Brodsky kratzte sich die Nase. »Wie meinst du das?«

»Das Baby fährt nicht nach Barcelona.«

»Hab ein Herz, Isaac. Ist der Schwachkopf bei dir oder bei Pimloe? Willst du, daß wir eine Razzia auf dem Schiff machen? Wir haben Vorschlaghämmer. Ich könnte die ganze Anlegestelle kurz und klein hacken und Zorro von diesem spanischen Frachter zerren.«

»Brodsky, die Guzmanns können tun, was ihnen beliebt. Zorro existiert für uns nicht mehr. Gönn Papa seine Seereise. Der Atlantik wird gut für Jorges Beine sein.«

»Mein Gott, Isaac, kann ich mir nicht wenigstens einen vornehmen? Nur einen einzigen? Alejandro oder Topal. Welcher, das ist mir gleich.«

»Auf Wiederhören, Brodsky.«

Isaac fuhr mit seiner blauen Limousine in die Horatio Street. Mit einem höflichen Nicken schickte er den Fahrer fort und trat in die Kings of Munster. Iren flohen aus der Bar. Der einzige Hund in der Bar, ein alter Terrier, der gern leere Guinness-Flaschen ausschleckte, verkroch sich unter einen Tisch. Sammy sagte kein Wort zur Begrüßung. Isaac biß die Zähne zusammen und ging ins Allerheiligste. Patrick hatte sein Minjen zusammen. Er brauchte Vater Isaac nicht. Er stand bei Rabbi Hughie und den Kirchenältesten der Schul und drei bärtigen Herren mit weichen weißen Gebetsschals. »Bedeck deinen Kopf«, knurrte Patrick. »Du befindest dich an einer geheiligten Stätte.«

Isaac zog sich ein Taschentuch über die Ohren.

»Silver, ich wollte nicht, daß das Baby stirbt.«

»Isaac, trag deine schmutzigen Geschäfte nicht in das Haus meines Vaters. Dies ist eine Synagoge. Wir beten hier. Die Polizei wird hier nicht erwähnt.«

Die drei bärtigen Männer mit den weichen weißen Schals stimmten ihr Klagen an. Die Schals verbargen einen Teil ihrer Anatomie. Entweder die Männer waren bucklig, oder sie beugten sich zu weit vor. Sie hatten kein Gebetbuch vor sich liegen und versammelten sich um den Schrein aus Babylon.

Isaac flüsterte jetzt. »Wer sind sie? Mystiker aus der Greenwich Avenue?«

Patrick funkelte Vater Isaac böse an.

»Papa hat sie uns geschickt. Es sind Kantoren aus Peru. Du hältst jetzt den Mund, Isaac. Die Kantoren singen Kol Nidre für die Schul.«

Isaac mußte wieder flüstern. »Verzeih mir, Silver. Ich bin kein Rabbi. Ich bin ein Bulle. Aber wer singt zehn Tage vor Jom Kippur das Kol Nidre?«

»Die Kantoren haben einen anderen Kalender, Isaac. Laß sie in Ruhe. Sie begehen Jom Kippur, wann immer sie können.«

Isaac lauschte auf den Gesang der peruanischen Kantoren. Er konnte sich nichts daraus zusammenreimen. War es ein Mischmasch aus Spagnuolo und Portugiesisch? Nur die Marranen konnten das Kol Nidre in den verschiedensten Sprachen aufsagen. Darum ging es Isaac nicht. Der Rhythmus, den diese Kantoren hervorbringen konnten, die trillernden Laute, die in ihren Kehlen zu zerschmettern schienen, fanden Anklang bei Isaacs Wurm. Sein Bauch wurde geschmeidig. Das Fleisch unter seinem Herzen hatte keine Klauen. Doch das Taschentuch lag ruhig auf seinem Schädel. Der First Dep würde sich nicht nach der Melodie der Kantoren wiegen. Sie schrien mit gewaltigen Tränen in den Augen. Isaac wurde hart. Er wußte alles über den Ruf der Kantoren und Priester der Marranen. Die besten unter ihnen besaßen die Kraft, die Toten in Bewegung zu bringen. Isaac wollte keinen Jerónimo hören, der ihn aus einem Grab in Westchester anzirpte. Er verließ die Kings of Munster.

Die Leute sahen einen Mann mit einem Taschentuch über den Ohren. Isaac konnte den Wehklagen der Kantoren nicht entrinnen. Ihr Kol Nidre klebte an seinem Körper wie ein Umhang aus dichtem, nassem Pelz, der ihn stinken ließ. Er konnte nicht zurück ins Präsidium gehen. Dort hätte er zusehen müssen, wie die Möbelpacker seinen Schreibtisch zerlegten und alle Schubladen zum Chatham Square brachten. Isaac war als letzter Kommissar in der Centre Street übriggeblieben. Die irischen Häuptlinge hatten sich bereits in ihrer Ziegelfestung in der Nähe von Chinatown eingerichtet. Vom nächsten Monat an würde Isaac mit den anderen Kommissaren in den Mandarin-Restaurants der Bayard Street grünen Tee schlürfen. Mit zusammengezogenen Augenbrauen überquerte er die Bowery. Der Wurm fing wieder an zu kriechen. Er konnte keinen Schritt gehen, ohne sich den Magen zu quetschen. Jemand pöbelte ihn durch das Fenster eines Lokals in der Ludlow Street an. Es war seine frühere »Verlobte«, Ida Stutz. Sie lief aus dem Restaurant, um Isaac anzugaffen.

»Rechnest du mit einem Regenguß aus heiterem Himmel?« sagte Ida. »Oder soll das ein Deckel für dein Gehirn sein?«

Das Taschentuch fiel Isaac wieder ein. Er nahm es ab.

»Wo ist dein Gemahl?« fragte er mit Gift in der Stimme.

Ida erbleichte. »Wer kann denn mit Blintzen im Ofen heiraten? ... Welcher Gemahl?«

»Dein Buchhalter, dieser Luxenberg. Der mit dem Plastik auf den Ärmeln.«

»Dieser Veruntreuer? Isaac, hast du jemals einen solchen Mann gesehen? Er schiebt mich vor, damit er in der Buchführung des Lokals schummeln kann. Luxenberg hat uns reingelegt.«

»Warum hast du mir nichts davon erzählt? Ich hätte ihm das Plastik von den Armen reißen können.«

»Du warst mit den Guzmanns beschäftigt«, sagte Ida. »Wer könnte sich schon an einen Kommissar wie dich wenden?«

Ohne das Taschentuch sah Isaac traurig aus. Er war nicht mehr der Bischof der Lower East Side. Ida war wieder für den Moschusgeruch eines früheren »Verlobten« empfänglich. Sie hätte auf der Straße über Isaac herfallen können, ihn unter seiner Kommissarsuniform umarmen können.

»Isaac, wollen wir uns bei dir treffen oder bei mir?«

»Bei mir«, sagte Isaac.

»Lassen Sie mir zwanzig Minuten Zeit, Mister. Ich habe einen Kartoffelkuchen im Ofen.«

Isaac ging zu seiner Wohnung in der Rivington Street. Er hatte zwei kleine Zimmer, in denen er seine Kleider abschütteln und sich von seinen Verpflichtungen im Präsidium lösen konnte. Zu Hause war er ein Junge mit Sockenhaltern an den Beinen und nicht der Amtierende First Deputy Commissioner von New York. Isaac brauchte den Schlüssel nicht im Schloß zu drehen. Die Tür war unverschlossen. Er fragte sich, ob Papa ein paar »Kantoren« für ihn zurückgelassen hatte, Herren aus Peru mit Schlagstöcken in den Ärmeln, die Isaacs Gedächtnis ausradieren, die Füllung aus seinem Skalp dreschen konnten. Isaac würde Papas »Kantoren« mit einem mürrischen Hallo begrüßen. Er zögerte nicht. Er trat ein, ohne nach seiner Waffe zu tasten.

Eine nackte Frau saß in der Wanne in seiner Küche und rauchte eine Zigarette. Wie hätte Isaac die Titten von Marilyn the Wild verwechseln können? Nicht jeder Vater konnte sich die Brüste seiner Tochter anschauen. Er hörte ein Pfeifen in seinen Ohren. Würden ihm die irisch-jüdischen Feen, die St. Patricks Schul behüteten, die Augen ausbrennen, weil er Lady Marilyn lüstern ansah? Isaac mußte einen zimperlichen Wurm im Darm haben. Der Wurm griff mit gehässiger Tatkraft nach seinem Dickdarm. Isaac preßte die Knie zusammen und knallte an den Rand der Wanne.

»Christus«, sagte er, »kannst du dir nicht etwas überziehen?«

Er gab ihr ein Hemd zum Anziehen. Marilyn stieg mit einer gewundenen Bewegung aus der Wanne, die Isaac bestürzte. Er wollte nicht die Wand anstarren, während Marilyn ihren Körper in sein Hemd zwängte. Das Hemd fiel ihr auf die zarten Furchen auf der Vorderseite ihrer

Knie. Eine angezogene Marilyn half Isaac auch nicht weiter. Die Nähe seines Mädchens – das bittersüße Aroma, das von ihren Haaren aufstieg, der Schwung ihres Halses in einem seiner eigenen Kragen, die pinguinartige Unbeholfenheit ihrer Kniescheiben – spülten den Chef weich. Er wünschte, er könnte seinen fünfzigsten Geburtstag ohne Tochter erreichen. Er konnte nicht mit Marilyn the Wild in einem Raum existieren.

»Ich werde dir nicht lange zur Last fallen«, sagte sie. »Ich wollte nicht in einem schäbigen Hotel wohnen, bis ich eine Wohnung gefunden habe. In einer Woche bist du mich wieder los.«

»Scheiß auf die Wohnung«, sagte Isaac. »Du kannst bei mir bleiben. Das ist gar nicht so blöd, wie du glaubst, Marilyn. Ich bin nie hier.«

»Du würdest die Freunde nicht mögen, die ich in deine Wohnung brächte.«

»Bring mit, wen du willst.«

»Was ist mit Blue Eyes?« sagte sie.

Isaac verfluchte alle seine Vorväter, die ihm eine Tochter gegeben hatten, die beißen konnte. Seine Zunge hatte sich in seinem Mund verheddert. Der Chef blubberte abgehackt. »Das ist nicht meine Schuld, Marilyn. Ich habe Feinde. Manfred ist zufällig mit ihnen gemeinsam aufgewachsen. Es war ein Stück miese Arbeit. Ich mußte ihn auf die Guzmanns ansetzen … ich hatte keine Wahl.«

»Quatsch«, sagte sie. »Manfred wäre heute noch am Leben, wenn er mit mir nach Seattle gegangen wäre. Ich habe versucht, ihn der Polizei zu stehlen. Er wollte sich nicht von der Stelle rühren. Er war einem Scheißkerl wie dir ergeben.«

»Seattle«, sagte Isaac, und seine Backen nahmen eine entsetzliche Färbung an. »Blue Eyes hätte Seattle nicht durchgestanden. Da ist es zu feucht. Der Regen hätte seine Pingpongbälle verzogen. Er hätte zu uns zurückkommen müssen.«

»Papa, woran liegt es, daß um dich herum alle sterben und du ohne einen Kratzer auf dem Arsch rumläufst?«

»Gar nicht wahr«, sagte Isaac. »Wenn du dir die Mühe machen würdest, näher hinzusehen, würdest du merken, daß ich einen Haufen Narben habe.«

Der Chef taumelte in sein eigenes Zimmer und suchte sein Honigglas. Marilyn hatte ihn ausgehöhlt. Isaac mußte Honig schlecken, um nicht zu sterben. Marilyn ertappte ihn mit seinem Finger im Glas. Isaac, der bekümmerte Bär.

»Papa, soll ich runterlaufen und ein Dutzend Eier holen?«

Der Bär wimmerte mit Honig in der Nase. Tochter, ich habe einen Wurm, der mir kostbarer ist als alle meine Kampfnarben. Habe ich mir den etwa nicht auf dem Schlachtfeld geholt? Er ist bei mir, wenn ich scheiße, wenn ich schnarche, wenn ich ins John Jay gehe. Mit den Häkchen in seinem Maul kann er »Blue Eyes« buchstabieren. Ein gottverdammt gebildeter Wurm.

Das irrsinnige peruanische Kol Nidre wehklagte in Isaacs Kopf. Er war von Priestern umgeben. Wessen Vorhaben war das? Der große, fette Bulle, Isaac der Tapfere, hatte Blue Eyes ermordet, Jerónimo ermordet, und bei wie vielen mehr war es ihm geglückt, sie umzubringen? Er brauchte keine Waffe. Er machte sie mit seiner Logistik kalt. Isaac herrschte über Manhattan und die Bronx. Er trieb einen in die Ecke und überließ einem anderen die Ausführung. Man konnte ihm den kleinen Finger ins Gesicht bohren. Isaac kam immer ohne Makel weg. Er hatte diesen blauäugigen Gauner geliebt. Hatte er Coen nicht zehn Jahre lang großgezogen? Marilyn hätte sich einen der hochgestellten Kommissare zum Mann nehmen sollen, nicht einen Bullen, der mit Isaac Dame spielte. Er wollte nicht, daß Coen mit seiner Tochter vögelte. Es nagte an Isaac. Blue Eyes war ein Stück von ihm. Hätte er sein Leben damit verbringen sollen, sich vorzustellen, daß sein eigener »Engel« Marilyn the Wild bumste?

Es klopfte an Isaacs Tür. Isaac fiel seine Verabredung mit der Blintzenkönigin wieder ein. Jetzt kam es zu einem Frauenüberschuß in seiner Wohnung. Marilyn und Ida würden sich aneinander heranpirschen und bei Vater Isaac murren. »Baby«, sagte er und berührte Marilyns langen, langen Ärmel. »Das ist nur eine Freundin. Ida Stutz.«

15

St. Patrick von den Synagogen warb mit Jerónimo im Kopf um die kleine Goie. Mit seinem neuen Shillelagh stand er vor dem Haus und entmutigte Freier, Freundinnen und Zuhälter. In seinem Fauchen lag ein bißchen Hexerei, im Stiel seines Besens ein Hauch von irischer Traurigkeit. Silver hatte mitgeholfen, das Baby zu vernichten. Er hatte zugelassen, daß Jerónimo in die Kampfzonen geraten war, die Isaac wie im Spiel errichtet hatte, eine Art Puppenhaus für sich und die Guzmanns. Sein gesamtes mieses Heer. Patrick war der Hüter des Babys, und er hatte es entwischen lassen.

Mit Guinness-schweren Hosentaschen und einem Hemd, das zerfetzt auf seiner Brust hing, verharrte Patrick in der Jane Street und sang von Hexen und toten irischen Königen. Es war ein groteskes Ständchen. Odiles Fenster gingen nach hinten. Sie hörte nichts als erbärmliches Gejaule und einen unsinnigen Wortschwall. In einem Hauch von einem Nachthemd kam sie auf die Straße, um St. Patrick aufzulesen. Nachbarn erspähten ihren Po unter der Gaze, liebliche Fleischmonde, als sie den Iren und seine Flaschen in ihre winzige Wohnung holte. Seine geballte Leidenschaft brach durch. Odiles Hals war mit Flecken von Patricks graubehaartem Kinn übersät. Er schlief mit großem Ernst mit ihr. Mit einem lebenden Riesen im Bett konnte die kleine Goie kaum atmen. Seine Höhepunkte ließen die Wände beben. Bei einem seiner spektakulären Orgasmen dröhnte sein gesamter Körper.

Nach dem Vögeln nuckelte er an seinen Flaschen und verschlang einen Laib Brot. Dann legte er sich zurück, rülpste, ließ einen fahren (das Timbre seines Furzens hätte einen kranken Hund heilen können) und sang Odile etwas vor, genuschelte Lieder, die sie in Schrecken versetzten.

Es war einer, der hieß Jerónimo
Der ist krank geworden, ganz krank
Im Laden von seinem Papa.
Er hat Moses gesehen, der gab
Eis und Lakritz
Eis und Lakritz an kleine Buben
Und er wollte ihnen die Lippen anmalen
Die Lippen anmalen
Mit seines Vaters Stiften.

»Jesus«, sagte Patrick, »wollten sie ihn mit einer Überdosis Halva heilen? Warum haben sie den Kerl nicht in ein Krankenhaus gesteckt? Hätte Papa nicht dafür sorgen können, daß keine kleinen Jungen in den Süßwarenladen kommen? Wer wird für die Kleinen beten, die auf den Dächern gestorben sind?«

St. Patrick weinte mit Brot im Mund und spülte sich die Gurgel mit Guinness. Er entdeckte ein Rundschreiben auf Odiles Frisiertisch, eine Reklame für die Nude Miss America Follies. »Was ist das?«

»Nichts«, sagte sie und riß ihm den Zettel aus der Hand. »Das hat jemand unter der Tür durchgeschoben. Verrückte Leute. Die können es einfach nicht lassen, neue Wettbewerbe zu erfinden.«

»Ist das ganz unten auf der Seite ein Anmeldevordruck?«

»Ist mir nicht aufgefallen«, sagte sie und steckte den Zettel in ihr Nachthemd. Wenn sie noch ein Lied über Jerónimo anhören müßte, würde sie laut schreien. Die

Goie vermißte diese kauzige Familie. Die Guzmanns hatten sie ernährt, sie mit Kunden und mit Taschengeld versorgt. Eine einzige Postkarte hatte sie von Zorro bekommen. Dreizehn Worte hatte er für Odile hingekritzelt. »Gefällt mir hier. Man kann die Scheiße unter den Straßen riechen. Herzlichst César.«

Odile ging auf die Zwanzig zu. Vor elf Monaten hatte sie sich aus der Pornofilmbranche zurückgezogen. Das Leben im Plaza hatte sie in Vergessenheit geraten lassen. Die Produzenten konnten die Finger nicht von ihren Titten lassen. Die Männer, die sie kannte, wollten die Gefühle einer Neunzehnjährigen nicht würdigen. Sie wollten eine Aufziehpuppe haben, ein Schätzchen mit Nippeln, die hart und weich werden konnten. Doch Patrick stand im Weg. Dieser idiotische Ire wollte ihr eine Heirat einreden. Am Ende würde er Odile noch zur Waschfrau machen. Sie würde die Unterhosen sämtlicher Rabbis in den Kings of Munster schrubben müssen.

Odile mußte mit dem Iren brechen. Solange St. Patrick das Haus bewachte, konnte sie keinen Penny verdienen. Sie packte einen Koffer mit Kosmetika und Unterwäsche und lief aus der Jane Street weg, als Patrick am nächsten Morgengebet teilnahm. Sie wählte einen guten Unterschlupf, in dem sie vor jedem Mann sicher sein würde. Es war eine Lesbenbar an der Dreizehnten Straße, The Dwarf. Im Dwarf konnte sie im Hinterzimmer Pachisi spielen, Gurkensalat essen, während sie sich für die Nude Miss America Follies die Ballen mit Schmirgelpapier rieb. Nicht Eitelkeit war es, was Odile dazu nötigte. Sie brauchte keine zweitausend Männer, die die Geometrie ihres Schamhaars bewunderten. Es ging ums Geschäft und um nichts sonst. Wenn sie Siegerin wurde, konnte sie ihren Künstlernamen, Odette, wieder aufleben lassen und sich erneut als Pornoqueen etablieren.

Die Rausschmeißerinnen des Dwarf waren breitschultrige Cousinen, Sweeney und Janice. Die Cousinen konnten Transvestiten, FBI-Agenten und Zivilbullen auf Meilen wittern. Sie waren beide in Odile verliebt. Seit mehr als einem Jahr hatten sie die kleine Nutte nicht mehr gesehen. Janice war nicht übermäßig erfreut, als Odile in ihre Räumlichkeiten eindrang. Dieses Mädchen verursachte Chaos im Dwarf. Barkeeperinnen wollten keine Drinks mehr mixen. Bargäste gerieten in Streit miteinander. Alle wollten mit Odile tanzen.

Janice trat an ihren Tisch. Dieses Weibsbild hatte eine Gesichtsmaske aus Minze und Whiskey aufgelegt, hellgrüner Schlamm, der reine Haut bewirken sollte.

»Schätzchen, draußen steht ein Mann. Ich glaube, der gehört zu dir.«

Dicht um Odiles Augen wurde der Schlamm rissig. »Scheiße«, sagte sie. »Wie hat dieser Ire bloß diese Kneipe gefunden?« Sie trat ans Fenster. Sie lächelte durch den Schlamm. Es war nur Herbert Pimloe. In einem schlaffen Leinenanzug stand er vor dem Dwarf. Isaacs Prügelknabe hatte sein Taschentuch vergessen. Er wischte sich die Stirn mit den Zipfeln seiner Krawatte ab. Die Schlammpackung verdroß ihn. Vor einem Mädchen mit grünem Kiefer fürchtete er sich.

»Was soll das heißen, Odile?«

Sie wollte sich nicht mit Pimloe auf den Bürgersteig stellen. »Herbert, ich bin im Training. Geh weg.«

Pimloe sah sie mit Kuhaugen an. »Ich will mit dir zusammen leben.«

»Deine Frau wüßte das nicht zu schätzen, Herbert.«

»Na und? Ich bin nie öfter als zweimal in der Woche zu Hause. Das schwöre ich dir. Isaac hält mich in Manhattan fest.«

»Bist du der Hätschelknabe des großen Juden?«

Pimloe fuhr in seinem Leinenanzug zusammen. »Wer sagt das?«

»Patrick Silver.«

Pimloe wurde höhnisch. »Dieser Bubi. Dem ist seine eigene Synagoge abgebrannt. Odile, ohne mich kann Isaac seinen Namen nicht schreiben. Ich bin jetzt Chefinspektor. Silver ist ein Wickelkind mit einem schlaffen Halfter auf dem Bauch.«

»Hör auf zu lästern«, sagte sie. »Es könnte sein, daß ich mich entschließe, ihn zu heiraten.«

Odile zog sich in den Dwarf zurück und ließ einen geplätteten Pimloe auf der Straße stehen. Er wollte schon über die Türschwelle hopsen und Odile nachjagen, doch die Vorstellung von Sweeney und Janice in ihren maßgeschneiderten Anzügen vergällte ihm sein Vorhaben. Er machte sich auf den Weg ins Präsidium. Morgen würde er mit einem Trupp blauäugiger Bullen eine Razzia in der Bar veranstalten und diese fetten Cousinen auf die Straße zerren, um mit Odile allein zu sein. Pimloe war ein Harvard-Absolvent. Er würde das Mädchen überreden, mit ihm zusammenzuziehen, sie mit Versprechungen bestechen – Champagner, Pralinen und Pommes frites.

Die kleine Goie hatte keine Zeit, sich mit Herbert dem Bullen abzugeben. Sie mußte den Schlamm von ihrem Gesicht schälen. Sweeney lieh ihr eine kleine Reisetasche, in die ihr Nachthemd paßte. Janice wollte ihr kein Glück bei den Follies wünschen und sich auch nicht von ihr verabschieden. Sweeney schob sie mit einem zarten Kuß zur Tür hinaus. »Du brauchst dich nicht für diese schweinischen Männer auszuziehen. Du kannst hierbleiben und mit Janice und mir Pachisi spielen. Ich komme zu deinem Auftritt. Wenn die Schweine versuchen, dich zu betatschen, reiße ich die Dielen aus dem Boden.«

Odile spazierte mit Sweeneys Tasche zum Art Theatre

der Greenwich Avenue. Plakate von gut entwickelten Damen und Mädchen waren an die Wände des Theaters geklatscht worden. Die Geschöpfe an den Wänden waren frei von jedem Makel; die Mädchen hatten erstaunlich weiße Zähne und keine braunen Flecken auf ihren Nippeln. Odile fragte sich, wieviele Fotografen dafür bezahlt worden waren, Schönheitsflecken auf den Plakaten zu retuschieren (selbst die Pornoqueen hatte ein paar winzige Muttermale auf dem Arsch). Sie ging rein, um sich einzutragen.

Der Manager der Follies, Martin Light, beäugte Odile. Er saß im Unterhemd da und teilte rosa Karten an alle Mädchen der Follies aus. Im Greenwich konnte man vor Hitze umkommen. Martin brachte den Thermostat nicht unter dreiunddreißig Grad. Eine halbe Minute lang hielt er Odile am Handgelenk fest. »Baby, die Ausbeute ist dieses Jahr mies. Du hast den Sieg schon in der Tasche. Das sehe ich sofort.« Er zwinkerte und schickte sie in den Verhau, den man hinter der Bühne als Aufenthaltsraum für die Mädchen hergerichtet hatte.

Unter solchen Mädchen fühlte sich Odile äußerst unwohl. Sie kicherten, kauten Kaugummi und wiesen eine Verbissenheit unter den Augen auf, die ihre wilde Entschlossenheit verkündete, unbekleidet auf die Bühne zu treten. Das betrübte Odile. Keines der Mädchen konnte es mit dem vollkommenen Schwung ihrer Brüste und den klaren Linien ihres Rückens und ihrer Beine aufnehmen.

Odile zog ihr Nachthemd an und hielt sich abseits von den Mädchen, die in ihren Kimonos, Pyjamas und Bademäntel herumlungerten oder sich in Bikinihöschen an den Wänden rieben. Die Luft in dem Verschlag wurde schlechter. Der heiße Atem der Mädchen bildete Wolken unter der Decke. Schlafanzüge fielen. Höschen wurden quer durch den Raum geschleudert. Diese Mädchen hatten eine Leidenschaft dafür, sich auszuziehen.

Martin Light stattete ihnen einen Besuch ab. Der Manager pflügte sich einen Weg durch den Verschlag voller schwitzender Nippel. Er blieb vor Odile stehen. Die da trug ein Nachthemd. Der Anblick des zarten Stoffs inmitten von Metern von Fleisch stürzte Martin in Verwirrung. Er legte Odile einen Finger auf die Hüfte. »Du kannst nicht verlieren, Mädchen. Komm nach der Vorstellung zu mir.«

Odile machte Streckübungen und Beugen in ihrem Nachthemd, um zu verhindern, daß ihr die Arme und Beine einschliefen. Die Mädchen beobachteten Odiles Wendigkeit mit geschwollenen Gesichtern. Sie fingen an, ihre eigenen groben Körper zu verachten. Sie hatten Huppel auf den Hintern, die sich durch alles Strecken dieser Welt nicht glätten ließen. Vielleicht wären sie über Odile hergefallen, hätten ihr die Gaze von den Schultern gerissen und ihre Fingernägel zerbissen, wenn der Manager nicht gekommen wäre, um seine Mädchen zu holen.

Er trieb sie aus dem Verschlag und sorgte dafür, daß sie halbwegs in einer Reihe blieben. Sie schlugen sich bei jedem Schritt die Knie an. Durch die Wände des Verschlages konnte man Zurufe und Gemurmel hören. Das Publikum war lebhaft. Die Mädchen konnten überhaupt nichts sehen. Zwischen Wänden aus Pappe taumelten sie im Dunkeln und konnten Stühle, Gänge oder einzelne Männer nicht erkennen.

Martin führte die Mädchen in eine Vertiefung unter der Bühne, in der die Geiger und Trompeter heimisch waren. Verstärker und Trompetenkästen waren vor den Füßen der Mädchen gestapelt. Niemand konnte sich bücken, ohne gegen einen Verstärker zu stoßen. Die Mädchen mußten einander die Haare abschlecken oder lernen, auf neue Weise zu atmen. Martin zog sein Unterhemd aus. Mit einem mörderischen Grinsen puderte er sich den Nacken, seine kahle Stelle und die Augen und zog sich einen Smoking über die bloße Brust. Die Samtärmel hatten Falten. Eine Manschette fehlte. Martin grinste nach wie vor. Er zwängte sich durch die Mädchen, tastete sich ungeschickt durch Ellbogen, Frisuren und Votzen und kletterte auf schmalen, hinterhältigen Stufen aus der Grube. Wer auf der Treppe ausglitt, konnte den Wettbewerb abschreiben. Man wäre zwischen die Geiger gepurzelt und hätte sich den Kopf gebrochen.

Martin stolzierte mit seinem Mikrophon in der Hand auf die Bühne, während Odile unten in der Grube brütete. Die Geiger kratzten auf ihren Instrumenten. Spucke aus den Trompeten flog Odile ins Auge. Die kleine Goie fing an zu schluchzen. Sie steckte zwischen den Mädchen, zwischen ihren Bäuchen und ihren runzligen Hintern eingepfercht. Sie konnte nicht einfach davonlaufen, zurück in das Dwarf.

Die Mädchen bestiegen lächelnd die Stufen des Greenwich, eine nach der anderen. Niemand fiel hin. Martin rief dem Publikum ihre Namen zu. »Hier ist sie, die bezaubernde Monica, der Stolz von Kips Bay. Ganze vierundneunzig Pfund. Liebe Leute, was halten Sie von Monica?«

Odile konnte die Ansichten des Publikums von der Vertiefung aus nur erraten. Sie hörte viele Buhrufe für Laura aus den Washington Heights, Tina aus der Hudson Street und Monica aus Kips Bay. Monica kam nicht mehr zurück. Versteckte Martin ein Mädchen nach dem Buhen und dem Stampfen von Füßen, das den Radau der Geiger schlucken konnte? Die Mädchen in der Tiefe stöhnten jetzt. Platzanweiser mußten sie die Stufen hinaufziehen, wenn ihre Namen aufgerufen wurden (in den

Ruhepausen zwischen den einzelnen Mädchen wurde das Publikum unwillig).

»Odile aus der Jane Street«, sagte Martin. Kein Platzanweiser mußte sie auf die Bühne zerren. Auf der Treppe wurde ihr schwindlig. Sie sah auf die Schädel der Geiger. Sie stieg aus ihrem Nachthemd und kletterte weiter. Die Bühnenbeleuchtung gab ihrem Körper die Farbe von Rosinen. »Auch unter dem Namen Odette bekannt«, schrie Martin ins Mikrophon und zog seinen gepuderten Nakken tief in den Smoking zurück. Niemand zischte ihn an. Das Publikum gurrte für Odile. Sie brauchte nicht mit ihren Rundungen zu wackeln. Der natürliche Schwung ihres Busens in dem rosinenfarbigen Licht machte das Publikum benommen.

Aus der ersten Reihe drang ein Wimmern. Taschentücher segelten von den Balkonen. »O mein Gott, o mein Gott, o mein Gott.«

Martin kauerte hinter Odile. Er hielt sie an den Knöcheln fest. »Geh nicht weg, Mädchen. Das ganze Theater liebt dich.«

Odile betete um ihre Erlösung. Ein ganzes Heer von Freundinnen aus dem Dwarf würde erforderlich sein, um sie aus dem Greenwich zu holen. Sweeny kam nicht. Mit Martin an ihren Knöcheln blieb Odile erstarrt im Licht stehen. Nur Zorro hätte sie erretten können. Der Fuchs wäre von Sitz zu Sitz gegangen und hätte den Männern die Kehlen aufgeschlitzt, bis es sich im Publikumsraum leerte. Aber Zorro war nicht in den Vereinigten Staaten.

Die kleine Goie hörte ein Brüllen, das den Chor der muhenden Männer übertönte. Ein Rhinozeros mußte im Saal sein. »Zieh dich an.« Sie sah eine Hand, die nach Martin Light griff und ihn quer über die Bühne kugelte. Die Hand gehörte Patrick Silver. Männer klammerten sich an seinen Rücken. Der Riese schüttelte sie mit einer kräftigen Halsbewegung ab. Er hatte Blut in den Ohren. »Jesus«, sagte er. St. Patrick wollte nicht gegen ein Heer von liebestollen Männern kämpfen. Er trauerte um Jerónimo.

Der Riese sagte die Totenklage und die Gebete der Trauernden auf einer kleinen Bank in den Kings of Munster auf. Doch er konnte nicht den ganzen Tag lang das Kaddisch sagen. Odile fehlte ihm. Mit Guinness-Flaschen in der Hose war er durch die Straßen gelaufen. Dann hatte er den Aushang des Greenwich gelesen. Wahl der nackten Miß Amerika. Er war nicht richtig im Kopf. American Follies. Das irische Bier hatte ihm ins Gehirn gepißt. Er torkelte ins Theater, ohne sich eine Eintrittskarte zu kaufen. Platzanweiser hieben mit ihren Taschenlampen auf ihn ein, während Patrick auf die Bühne schielte. Er sah erlesen häßliche Frauen, die in schwachem blauschwarzem Licht ihre Hüften schwenkten. »Heute muß Markttag in Kilkenny sein.« Die Leute sagten, er solle still sein.

Er verschränkte die Arme und lehnte sich an die Wand; soviel wabbeliges Fleisch laugte ihn aus. Dann hatte Martin Light Odile angekündigt. St. Patrick räumte den Gang frei. Er kippte Männer und Jungen über Stuhllehnen. Ein kleiner Junge biß ihn in den Arsch. Patrick heulte auf. »Jesus, ich hab's geschafft.« Fingernägel zerkratzten seine Nase. Sein Ohr brannte. Als er die Vertiefung unter der Bühne erreicht hatte, hatten sich etliche Zuschauer an seine Beine geklammert. Er mußte auf zwei Köpfe schlagen, um seinen Schenkel heben zu können. Er schlug eine Bresche durch die Geiger, erkletterte die heimtückischen Stufen, fertigte Martin Light ab und tauchte mit Odile unter dem Vorhang durch.

Das Publikum erhob sich zur Gegenwehr. Männer aus

dem Orchester und den unteren Balkonen sprangen auf die Bühne. Sie hätten St. Patrick ermordet, um Odile zu behalten. Sie hatten keine festen Waffen. Sie mußten mit Gürtelschnallen, Fäusten und Schuhen auf ihn einschlagen. Dem Riesen fiel das Hemd vom Rücken. Seine Hose rutschte unter die Hüften und spannte sich um seinen Hintern. Fäuste und Schuhe machten quietschende Geräusche auf seinem Schädel. Die Gürtelschnallen brannten rote Abdrücke in Patricks Schulterblätter. Der Riese wurde wütend.

»Esau«, murmelte er, »wo ist dein Daddy jetzt?«

Er klemmte Odile unter die Achsel und fing an, sich zu wehren. Er knuffte Nasen und Augen und schlug mit seinen Ellbogen, seinen Knien und seinem Kinn auf Herren aus der Greenwich Avenue ein. Sie waren von einem septemberlichen Wirbelwind erfaßt worden, den keiner von ihnen hätte beschreiben können. Man konnte nicht an Patrick Silver rankommen. Der Sturm um ihn herum würde einen Mann über die Rampe der Bühne schleudern. Patrick brauchte sich nicht vor dem Angedenken an Brian Boru zu verstecken. Mit all ihren einhundertundneunzig Jahren war die Hexe von Limerick nur ein altes Hutzelweib. Mit dem Wind, den er auf der Bühne hervorrief, hätte Patrick das Greenwich Art Theatre verheeren können. Er konnte Jerónimo nicht wieder lebendig machen, die Guzmanns in Barcelona nicht beschützen, nicht mit Manfred Coen plaudern, aber er konnte mit der kleinen Goie aus Martins Verhau ausbrechen.

Unter der erhitzten Achsel und mit Patricks Blut, das ihr ins Gesicht schlug, hatte sich Odile an den Riesen gewöhnt. Sie wollte seine Brust nicht mehr loslassen.

Patrick schrie ihr ins Ohr: »Herr im Himmel, wirst du mich heiraten?«

Die kleine Goie glaubte sterben zu müssen. Das Pfeifen in ihrem Kopf griff die Innenseite ihrer Wange an. Doch die Taubheit war nur vorübergehend. Das Pfeifen verging. Sie lachte und knabberte an seiner Achsel.

16

Moses war wieder ein Geschäftsmann. Er erwarb vierzehn Papageien. Schläfrige Vögel mit kahlen Schultern und feinen Streifen auf den Schnäbeln. Sie waren von keiner bestimmten Abstammung. Papa hätte nicht sagen können, ob er Aras, Amazonenpapageien oder Kakadus erstanden hatte. Den Papageien schien es zu widerstreben, ihre schweren Gehirne in Bewegung zu setzen. Doch für Geld konnte Papa sie von ihrer Trägheit heilen. Wenn die Turistas ein paar Barcelona-Pennys auf die Theke seines Standes warfen, flüsterte Moses mit den Vögeln, stach mit einem Stückchen Draht gegen ihre Bäuche und grinste sie an, bis sie Anzeichen von Lebhaftigkeit zeigten. Sie knackten mit ihren verkümmerten Schnäbeln Walnüsse, pickten Beeren aus Papas Faust, schlugen in ihren Käfigen Purzelbäume und sangen heisere Einwortlieder.

Es waren englische Vögel. »Piß« schrien sie einem zu, oder sie nannten Isaac den Tapferen. Das exotische Gefieder hatte Moses den Papageien verliehen, der ihre Federn jede zweite Woche anmalte. Zum Trocknen sperrte er die Vögel in den Außenabort, der zur Wohnung der Guzmanns in der Calle Reina Amalia im Chinesenviertel gehörte. Topal und Alejandro mußten sich mit Papageien über den Ohren hinkauern.

Zorro lachte sich über Papas Klo kaputt. Er wollte seine Hose nicht vor Vögeln fallen lassen, die einem sagten, wann man pissen sollte. Der Fuchs hatte die sanitären Verhältnisse von Manhattan noch im Kopf. Er erleichterte sich lieber in der verspiegelten Toilette des Hotel Presidente und warf der Concierge zehn Pesetas hin. Ins Presidente zog er immer einen orangenen Anzug an;

er kaufte seine Oberbekleidung nicht in den Herrenboutiquen am Paseo de Gracia. Zorros Taschentücher, Manschettenknöpfe, Schnürsenkel, Socken und Krawatten stammten aus der Boston Road.

Der Fuchs hatte morgendliche Pflichten. Er brachte Jorge zu Moses' Stand auf den Ramblas, und sein Vater und seine Brüder trugen die Vögel. Moses und die Jungen setzten sich auf ihre Bank und träumten von Jerónimo. Sie waren in sich selbst versunken und vergaßen, den deutschen Touristen die Brieftaschen abzunehmen. Ohne Zorros Daumen wären sie verhungert. Selbst die Papageien waren seiner Gnade ausgeliefert.

Für den Fuchs war es ein Kinderspiel. Mit einem amerikanischen Taschentuch, das seine Brust zur Hälfte bedeckte, spazierte er auf den Ramblas auf und ab und stieß Touristen an, die sich um die Straßenstände drängten. Er ging den krempenlosen Hüten der Guardia Civil aus dem Weg, wenn er mit einer Brieftasche unter seinem Taschentuch die Verkaufsstände verließ. Manchmal nahm er einen Papagei mit. Der Vogel hockte auf seiner Schulter, die Klauen in Zorros sommerlicher Wollkleidung, den Schnabel in seinem Haar.

Zorro nahm Vogelscheiße auf seinen Kleidern nicht auf sich, um Gesellschaft zu haben. Der Papagei half ihm beim Stehlen. Die Turistas bewunderten das Gefieder des schläfrigen Vogels, während Zorro in ihren Taschen ein und aus ging. Er konnte neunhundert Peseten in der Stunde verdienen.

Heute grub sich der Vogel in seine Schulter. Zorro konnte die Farbe auf seinen Flügeln riechen. In der Calle del Hospital machte er Rast und bestellte sich einen Café tinto und ein Mokkaeis. Der Vogel erwachte lange genug, um auf Zorros Mokkaeis einzuhacken. »Du Schwanzlutscher«, sagte Zorro.

Der Vogel versprühte das Eis auf den Fuchs. Zorro hätte seinen Schädel gegen die Steine des Barrio Chino geschlagen oder seinen verkümmerten Schnabel endgültig verkrüppelt, aber er hatte Diebesgut in der Tasche, und er wollte kein Aufsehen erregen.

Die Barcelinos hielten ihn fälschlicherweise für einen Zuhälter. In ganz Katalanien konnte man keinen zweiten orangenen Anzug finden (ein polnischer Schneider in der Bronx hatte ihn zurechtgeschneidert). Zorro hatte die Zuhälterei aufgesteckt, als sein Bruder gestorben war. Er war kaum noch ein Dieb. Er hätte die Touristen nicht belästigt, wenn sein Vater und die Vögel in der Lage gewesen wären, sich selbst zu ernähren. Er hätte unter dem Kolumbusdenkmal am Hafen herumgelungert und in der Calle del Paradis zum Mittagessen die Suppe der Fischer zu sich genommen. Er hätte für deutsche, italienische und schwedische Touristen mit dem Papagei auf seiner Schulter posiert und ihnen Peseten abgeschwatzt. Dann könnte er im Presidente oder im Ritz pinkeln, nach Barcelonita gehen, auf der Muelle de Pescadores sitzen, die am Stadtrand lag, und einen seiner Schnürsenkel ins Mittelmeer werfen. Er würde auf dem Schaum tanzen. In Barcelonita geht kein Schnürsenkel unter.

»Jerónimo.«

Zorro drehte seine Backe um. Der Papagei knabberte an seinem Hirn. Er starrte ihm ins linke Auge. Das Auge war mit gelber Farbe verschmiert.

»Erwähne meinen Bruder nicht«, sagte Zorro. »Ich drehe dir den Hals um, du kahlköpfiges Stück Scheiße.«

Die Barcelinos starrten den Mann und den Vogel an.

Zorro trank seinen Café tinto aus. Der Papagei stupste Zorros Ohr an. Er verfütterte das restliche Eis an den Vogel. Das Mokkaeis füllte die Sprünge in seinem Schnabel. Zorro tupfte den Vogel mit seinem Taschentuch ab. Sie ließen die Calle del Hospital hinter sich und gingen ans Meer.

Jerome Charyn, geb. 1937 in New York City, lehrte u. a. an der Stanford University und dem City College of New York, lebt jetzt als freier Autor teils in New York, teils in Paris. Von ihm erschienen inzwischen über zwanzig Romane, Essays und seine berühmte New Yorker Krimitetralogie *Marilyn the Wild* (Rotbuch 1989), *Blue Eyes* (Rotbuch 1990), *Patrick Silver* und *Isaac*. Neben anderen Preisen erhielt er 1981 den National Endowment of Arts Award.

JEROME CHARYN
BEI ROTBUCH

MARYLIN THE WILD

Marilyn ist schön, jung, hat einen galoppierenden Verbrauch an Ehemännern, ein starkes Gefühl für Unabhängigkeit und eine Schwäche für Manfred Coen, genannt Blue Eyes. Der spielt Tischtennis wie verrückt, ist Cop und die rechte Hand von Isaac Sidel, dem großen blonden Rächer der Enterbten der Lower East Side.

Rotbuch Krimi

BLUE EYES

Durch das ethnische Dickicht der Lower East Side stapft Manfred Coen, der engelhafte, blauäugige Bulle. Er soll die Tochter des reichen Theatermäzen Vander Child aus den Klauen der marranischen Zuhälter- und Buchmachersippe Guzmann befreien, verfängt sich aber selbst in den Armen ihrer besten Luxushure und in den Netzen seiner eigenen Familiengeschichte, die eng mit dem Sippenoberhaupt Papa Guzmann verwoben ist.

Rotbuch Taschenbuch 12

KRIMIS
IM ROTBUCH TASCHENBUCH

Tony Fennelly
ROBINS HOCHZEIT
Der dritte Fall für Matty Sinclair zwischen Herpes und Aids. Nach *Mord auf der Klappe* (»Schon jetzt ein Szenebestseller.« *Schädelspalter*) wird Robins Hochzeit gefeiert.
Rotbuch Taschenbuch 40

Lia Matera
FACELIFTING
Ein Mordkomplott. Hauptbeteiligte: Teamster mit breitem Kreuz & Mafia-haut-goût. Alte Politkumpel auf dem langen Marsch von Love, Peace und Müsli zu safe sex, Business und Mord.
Rotbuch Taschenbuch 39

Yaak Karsunke
TOTER MANN
»Mitten in der deutschen Krimiwüste steht nun ein *Toter Mann*. Yaak Karsunke hat ihn geschaffen, und wir dürfen hoffen, daß der Autor noch einige Leichen im Keller hat.« *Tüte*
Ausgezeichnet mit dem deutschen Krimipreis 1990.
Rotbuch Taschenbuch 41

Pieke Biermann
VIOLETTA
Selten ist der Gewalt zwischen den Geschlechtern so frohgemut zugejubelt und der Sexismus der Männer so mitleidlos der Lächerlichkeit preisgegeben worden. Ausgezeichnet mit dem 3-Sat-Preis beim Ingeborg-Bachmann-Wettbewerb.
Deutscher Krimipreis 1991.
Rotbuch Taschenbuch 22